改变，从阅读开始

WAY OF THE WARRIOR KID

勇敢孩子养成记

胆小男孩马克的奇迹夏天

[美]约克·威林克（Jocko Willink）/ 著　　[美]乔恩·博扎克（Jon Bozak）/ 绘

石雨晴 / 译

图书在版编目（CIP）数据

勇敢孩子养成记：胆小男孩马克的奇迹夏天／（美）约克·威林克，（美）乔恩·博扎克著；石雨晴译．－－太原：山西人民出版社，2018.6
ISBN 978-7-203-10438-4

Ⅰ．①勇… Ⅱ．①约… ②乔… ③石… Ⅲ．①儿童故事－作品集－美国－现代 Ⅳ．①I712.85

中国版本图书馆CIP数据核字(2018)第107504号

版权合同登记号　图字：04－2018－025

WAY OF THE WARRIOR KID by Jocko Willink and
Illustrated by Jon Bozak
Copyright©2017 by Jocko Willink
Published by arrangement with Feiwel and Friends,
An imprint of Macmillan Publishing Group, LLC
All rights reserved.

勇敢孩子养成记：胆小男孩马克的奇迹夏天

著　者：	（美）约克·威林克　（美）乔恩·博扎克
译　者：	石雨晴
责任编辑：	贾　娟
选题策划：	北京汉唐阳光
出 版 者：	山西出版传媒集团·山西人民出版社
地　　址：	太原市建设南路21号
邮　　编：	030012
发行营销：	010-62142290
电　　话：	0351-4922220　4955996　4956039
	0351-4922127（传真）　4956038（邮购）
E－mail：	sxskcb@163.com（发行部）
	sxskcb@163.com（总编室）
网　　址：	www.sxskcb.com
经 销 者：	山西出版传媒集团·山西新华书店集团有限公司
承 印 者：	北京玺诚印务有限公司
开　　本：	880mm×1230mm　1/32
印　　张：	7.25
字　　数：	130千字
印　　数：	1－8000册
版　　次：	2018年6月　第1版
印　　次：	2018年6月　第1次印刷
书　　号：	ISBN 978-7-203-10438-4
定　　价：	38.00元

如有印装质量问题请与本社联系调换

此书献给海豹突击队三队"壮汉作战小组"的马克·李、迈克·蒙苏尔、瑞恩·乔布。他们作为战士而生活、战斗并壮烈牺牲。

勇敢孩子养成记

Way of the Warrior Kid

目 录

第1章	最糟糕的一年	001
第2章	最糟糕的一天	009
第3章	暑假开始了	019
第4章	室友	027
第5章	小战士	035
第6章	训练开始	043
第7章	成为战士意味着什么？	049
第8章	提升力量的礼物	063
第9章	8的乘法	071
第10章	柔道	081
第11章	恐水症	089
第12章	纪律等于自由	099
第13章	第一个引体向上	107

第14章	卷土重来的闪卡	115
第15章	拒地认输	123
第16章	加燃料	131
第17章	水里的鱼	139
第18章	冲击记录，突破高原期	149
第19章	总统、首府和葛底斯堡	159
第20章	马克对战歌利亚	171
第21章	超级海王	181
第22章	10个引体向上！	195
第23章	独自一人	203
第24章	开学第一天	211
第25章	给杰克舅舅的信	221

第 1 章

最糟糕的一年

> 我尽量不用数字来定义我的努力。

明天就是放假前的最后一天,我已经等不及明天赶紧结束了!这真是我这辈子过得最糟糕的一年!不妙的是,我根本看不出下一学年能有什么好转。五年级真是糟透了——我担心六年级会更糟。到底哪里糟糕?我该从哪里说起呢?

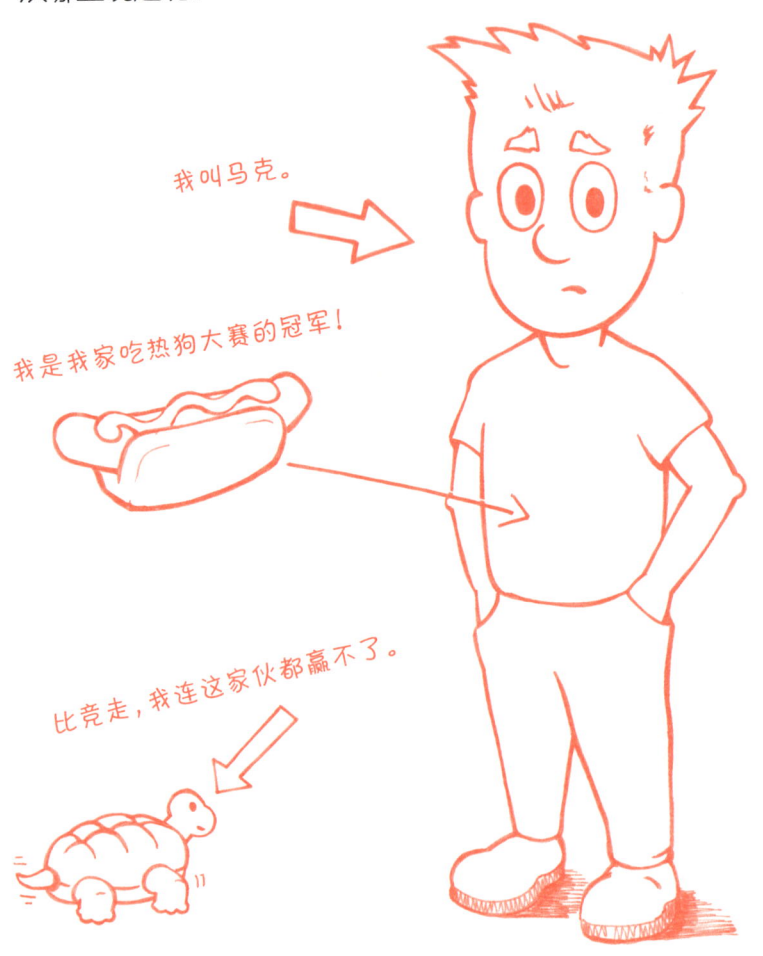

我叫马克。

我是我家吃热狗大赛的冠军!

比竞走,我连这家伙都赢不了。

五年级糟糕透顶主要有以下 5 个原因：

1. 上学真无聊！在课桌前一坐就是一整天。

2. 我发现自己很蠢！确实如此。五年级以前，我一直以为自己"很聪明"。但这一学年我失败透顶！我到现在都没记住乘法表！我下一学年该怎么熬过去啊？

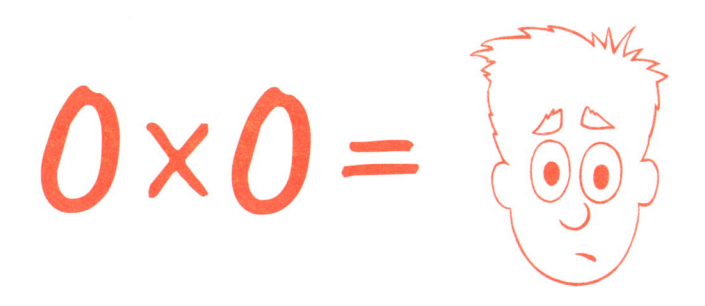

$$0 \times 0 =$$

3. 学校的午餐。他们竟然称那玩意儿是"比萨"。我真是搞不懂。到底是从什么时候开始，一片白面包就能冒充酥脆的比萨饼了？

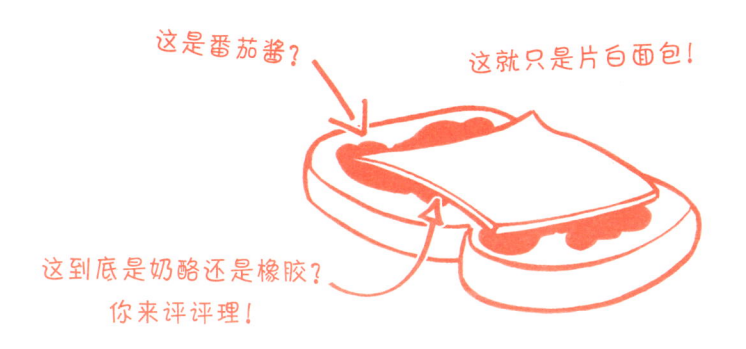

这是番茄酱？

这就只是片白面包！

这到底是奶酪还是橡胶？你来评评理！

4. 体育课。大多数人都喜欢上体育课。但在我们学校，体育课有"测试"，而我的测试成绩糟透了。尤其是引体向上。你猜我能做多少个？0个！我1个也做不了！我是10岁孩子的耻辱，全班都知道。我甚至令10岁的女孩们都蒙了羞。尤其是那些引体向上做得比我多的女生！

> 我做了1个引体向上。你能做几个？

> 我不打算用数字来定义我的努力。

5. 校外考察旅行。就像喜欢体育课一样，大多数孩子也喜欢校外考察旅行。我们的校外考察都在同一个地方：汤姆山。我们都是春秋时节过去，这样天气不会太冷也不会太热。但事实上，汤姆山不是一座山，它是个

湖。这下问题来了：我不会游泳！秋季考察时，我完美隐藏了自己的这个弱点。但这次春季考察却暴露了。"你怎么不下水？""你怎么待在沙滩上？""你怎么不从跳水板上跳下来？"什么人连游泳都不会？我就是那类人呀！啊啊啊啊啊啊！

6. 我知道我说过是 5 个原因，但其实还有 1 个，这个原因可能才是最主要的：肯尼·威廉姆森。他是个大块头，更是个暴脾气。他霸占了攀爬架。他甚至自称是"攀爬架之王"或"肯尼王"！如果谁想上攀爬架玩，要么得是肯尼的朋友，要么得遵守他的"规矩"。

挨他的拳头，滋味可不好受！

他就像个移动的定时炸弹！

所有老师都说我们学校"没有霸凌"。我们甚至还有一个"无霸凌日"。在这一天,我们会讨论什么是霸凌、霸凌是多么恶劣的行为,以及如果我们发现霸凌事件要如何告诉老师。好吧!我跟你说说这一切有多可笑——肯尼就是个小恶霸,肯尼就在我们学校。但没人去告诉老师!

就是这些让我的五年级过得糟糕透顶,而到六年级也不会有什么好转!我真是等不及明天赶快过去,这样我的苦难就结束了,暑假也可以开始了!

这个暑假一定会妙不可言。不用待在学校当然是其中一个原因,但更重要的是,我的舅舅杰克要来了,而且会在我家住上整整一个夏天。

他在美国海军海豹突击队待了8年,就要退伍去念大学了。在他入学前的这个暑假,他会一直住在我家。没错,海豹突击队队员!住在我家!

杰克舅舅是最棒的。首先,他可是一名海豹突击队队员,这真是酷毙了。他真的上过战场。我妈总说他在"前线"。也就是说,他当时在和敌人正面交锋。多刺激呀!还有一点也让我佩服得不得了,那就是他与我完全不一

样。我身子弱,而他很强壮。我很笨,而他很聪明。我不会游泳,可他竟然能背着背包游泳!我害怕校园小霸王,可那些家伙害怕他!

我的舅舅杰克!

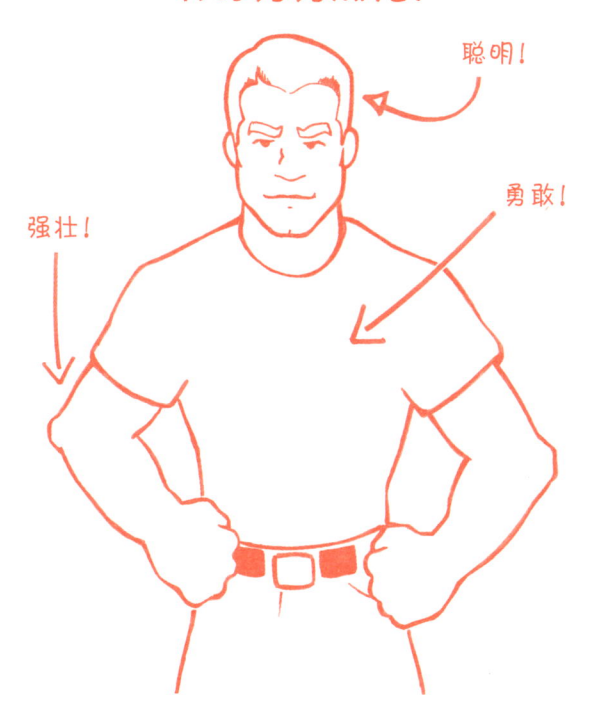

聪明!

强壮!

勇敢!

说了这么多,其实我之前还没有和杰克舅舅长期相处过,我家住在加利福尼亚,而他长期驻扎在弗吉尼亚。我希望他不会觉得我是个愚蠢的懦夫,甚至都不愿意和

我待在一起！也许他不会发现呢？

啊！他肯定会发现的。他是个硬汉，我却是个呆瓜。好吧，事实如何，我想我很快就会知道了。

第2章
最糟糕的一天

我逃离了运动场,穿过庭院,躲到了图书馆后面,一个没人会来的地方。我一坐下就崩溃了,号啕大哭起来。

今天绝对是我人生中最糟糕的一天。按理说放假前的最后一天本该是有趣的，但我告诉你吧，我今天真是过得糟糕透顶、凄惨无比。怎么会这样？我该从何说起呢？

首先，今天开运动会。运动会本该是有趣的，我们不用待在教室里，可以在运动场玩一上午的游戏、挑战赛之类的。运动会上可不止有橄榄球、篮球这些项目，还有两人三脚、咬苹果、袋鼠跳等等。我们分成了不同的小组，每个组会先参加一个项目，玩一会儿后，老师再通知我们"轮换"项目。刚开始其实挺不错的。大家都没有很认真地比赛，纯粹为了好玩。

因此没人注意到我有多笨手笨脚，这些比赛和游戏我真是没有一个擅长的。尤其幸运的是，弗雷德·特纳也在我们这组，不论玩什么他都比我笨，反倒显得我没那么笨了。

弗雷德，你第一次玩袋鼠跳吗？

直到引体向上时间。是的，运动会上也要做引体向上和俯卧撑，以及一些别的需要在攀爬架上完成的项目。你会被所有人围观！因此，我做了所有聪明但力气弱的小孩会做的事：我藏了起来！我躲到了队伍后面，混在人群中。当有人跳上引体向上杆时，其他孩子会一起给他计数。迈克·斯威灵顿做了 18 个。比利·哈克做了 22 个！练体操的詹妮弗·菲利普斯做了 27 个！

而我就藏在人群后面看着，默默等着这个项目到结束时间。

接下来轮到"攀爬架之王"肯尼·威廉姆森了。他抓住引体向上杆，做了 11 个。其实，他这么大的块头，能做这么多已经非常不错了。他似乎也不在意自己做了多少个，直到人群里有人起哄："他可没看上去那么强壮呀！"有人笑了，我眼看着肯尼的怒气越来越大。他一开始还不知如何发泄这怒火，直到发现了我正盯着他瞧，我们的目光交织在一起。

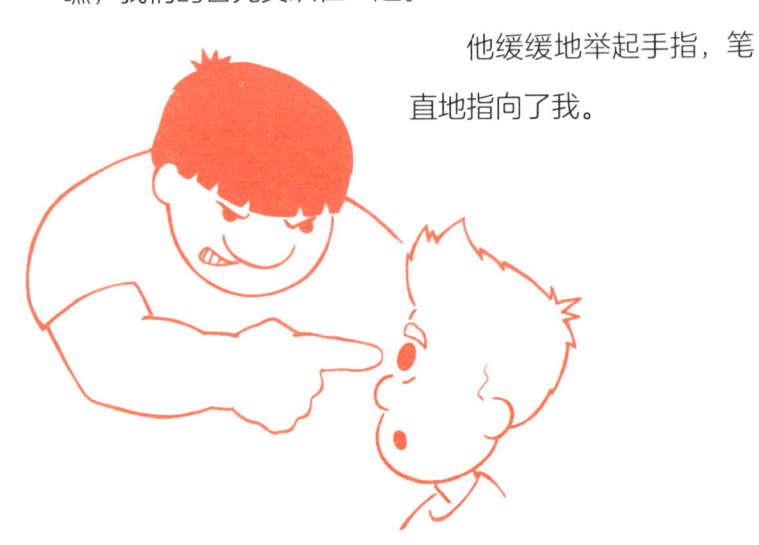

他缓缓地举起手指，笔直地指向了我。

"他呢？"肯尼吼道。当肯尼指向我时，人群突然安静了下来。

"他还没做呢！让我们看看马克能做几个！"肯尼就是故意想让我出丑。我连一个引体向上都做不了，这件事他再清楚不过了。过去一学年，他眼看着我每次体育课都那么努力，结果还是一次都没成功。我吓得向人群更后面退去。"快来，马克！上去呀！"肯尼大喊道。

这时，有人从后面用力推了我一把，把我推到了众人面前。这下我是无处可躲了。

负责这个项目的老师是马奎尔先生，他转过身看向我。"马克，你做了吗？"他问道。

"还没,马奎尔先生。但我……"我试图找个借口推脱。说我不舒服?可我其他项目都做了呀。说我受伤了?可光看着别人做引体向上怎么会受伤?说我做引体向上的劲儿被狗吃了?

"那就快跳上去,马克,"马奎尔先生面带鼓励但语气严厉地说,"让我们看看你能做几个。"

"好的。"我说。我慢慢地挪到杆子前。所有人都在盯着我,我眼前全是他们无处不在的眼睛。

"快呀,马克,跳上去。"马奎尔先生说。

"就是呀,"肯尼大喊道,"让我们看看你能做多少个!"

我终于挪到了杆子前。我抬头看着它,特别希望自己这一次能做出几个来,不然让我原地消失也行呀。"快呀,马克,开始吧。"马奎尔先生说道。

"是呀,马克,开始吧。"肯尼模仿马奎尔先生的声音起哄。

人群一片寂静,只等我跳上去。我屈膝,跳起,抓住杆子。我挂在上面,开始用力拉。但什么都没发生。我又加了把劲。什么都没发生。我摆动身体借力,还是什么都没发生。最后我使尽了浑身力气,这真是我这辈

我想知道，那根杆子知不知道我的人生就要被它毁掉了。

子最拼命的一回了,我的身体终于动了,但上升了大概5厘米又停住了。我继续用力,但一点都没能再往上升。最终,在地心引力的作用下,我的力气使完了,从杆上掉了下来。

"0!"肯尼扯着嗓子大喊,"一个大零蛋!"

其他人也跟着他叫:"0!0!0!0!"

我低着脑袋,想让自己从他们面前消失。

"好了好了,"马奎尔先生试图让人群安静下来,"引体向上不是所有人都能做的。"

这时,人群后面有人脱口而出:

"游泳他也不会!"这下所有人都笑了。尽管我知道不会做引体向上、不会游泳并不代表自己不好,但我真是受够了这一切。我能感觉到眼泪在眼眶中打转,但我不想让任何人看到我哭,所以我跑了。我逃离了运动场,穿过庭院,躲到了图书馆后面,一个没人会来的地方。我一坐下就崩溃了,号啕大哭起来。

我就是这样度过了放假前的最后一天。

第3章
暑假开始了

猜猜看是谁激动不已，迫不及待要见杰克舅舅了？

我正坐在桌前吃早餐，妈妈突然问道："你怎么了？"经历了昨天的事，我就连假装开心都做不到了。我试过，但真的没办法。

"没事。我很好。"我勉强挤出一个笑容对她说。

"过来，马克。谁惹你不开心了？"这就是我的妈妈，她太了解我了，我的不开心根本藏不住。但就算我把一切都告诉了她，她又能做些什么呢？她无法让我变得强壮。她也无法让肯尼那家伙不再来烦我。所以说，把一切告诉她又能有什么意义呢？如果我告诉她，她可能会说些安慰我的话，像是"那个男孩只是嫉妒你比他聪明"，或者"等你再长大一点，你就会变得更强壮了"，或者"我知道你有多特别，别在乎别人怎么说"。

妈妈真的很爱我。

即便知道她是好心，但事实是，肯尼·威廉姆森并不是在嫉妒我。而我长大以后是否能变强壮也不重要，重要的是我现在很弱！另外，妈妈当然会觉得我很特别——她可是我的妈妈呀！所以，说正经的，把我真实的烦恼告诉她真的是没什么用。

"就是觉得放暑假了，我会思念我的朋友们。"我告诉她。

"啊，"她说，"这个你不用担心，暑假时你可以多约他们出来玩呀。"

"谢谢你，妈妈。"我嘴上说道，心里却只希望她可以让我一个人静一静。妈妈对我真的很好，但她工作很忙，总是待在办公室里，而且我觉得很多时候她似乎并不是真的懂我。不过这也没关系。我知道她在努力做一个好妈妈。我的爸爸也很好，只是他常常要出差，忙各种事，所以大部分时间都不在家。

"我跟你说啊，"她说，"差不多一个小时之后，你的杰克舅舅就要到了。你要和我一起去接他吗？"

"我要去！"我大喊道。我都忘了杰克舅舅原定哪天会到了。现在我想起来了，就是今天！"太棒了。我要去！"

"好的，那么，"她说，"快把桌子收拾干净，我们要出发了。"

猜猜看是谁激动不已、迫不及待要见杰克舅舅了？

这小子！

整理好餐桌后，我们就上了车去机场。杰克舅舅的到来让我激动不已，但也有些紧张不安。他是美国海军海豹突击队队员——真正的硬汉。不是那些电影里演出来的——杰克舅舅是真正的硬汉。就算他可能不愿意总和我待在一起，至少我能偶尔看见他。

到机场停好车后，我们便去航站楼接他。

我站在玻璃窗前，看着陆陆续续从通道那头走来的乘客们。飞机上下来了很多人，有一大家子的，有商人、大学生和其他样貌普通的人。最后，我终于看到了他。他迈着稳健的步子，笔直地向我们走来。

他似乎知道自己该往哪儿走。他的表情非常严肃，看上去十分强壮。他穿着短袖 T 恤，露出了粗壮的胳膊！正当其他人似乎都还晕头转向时，杰克舅舅缓缓地环视四周，将每个角落都扫视了一遍。在发现了我和妈妈后，他直直地看了过来。我们朝他挥了挥手。

他严肃的表情转瞬间就不见了，脸上扬起了灿烂的微笑，朝我们也挥了挥手。太棒了！他穿过门，走向我们。他和我妈妈拥抱，问："过得好吗，大姐？"这话让他说出来有些滑稽，毕竟他的个头可比我妈大多了。接着，他看向我，伸出手说："小家伙，你怎么样？"我握住了他的手。他的手与众不同，很大、很强壮，也很粗糙，不像皮肤，更像皮革。"就这样？"他说。

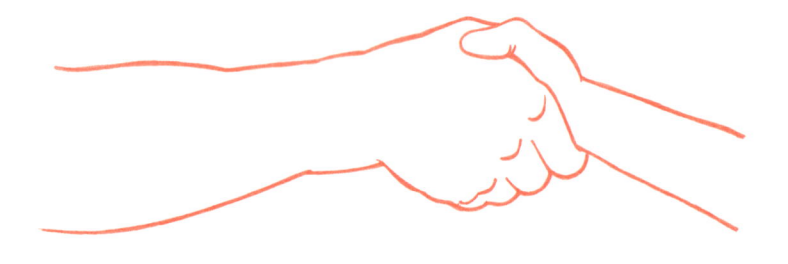

　　"什么？"我不太懂他的意思。

　　"握手。这是你最大的力气了吗？"

　　我更用力地握了握他的手。

　　"好点了，"杰克舅舅说，"之后我们得练一练你的手劲儿。"

　　"没问题。"我说。太酷了！我们要一起练我的手劲儿。也就是说他会陪着我一起练。我想我们应该是会一起做些什么的！我们一同去取行李的地方，取杰克舅舅托运的包。他带了一个绿色的军用背包，还有一个迷彩行李袋。他把行李袋扔到我面前。

"你来拿这个——它能让你变得更强壮。"他面带微笑地说。

"没问题。"我说。我很高兴能拿这么酷的军用包。我把它提起来，挎在肩膀上，它真的很沉。我们回到了车上。

这感觉太棒了。杰克舅舅是个硬汉，但又不仅仅是个硬汉。他还很酷，也很好相处。

这将是我长这么大以来最棒的暑假。

第4章
室友

现在我的亲舅舅想要和我一起游泳,但我做不到,因为我压根不会游泳!

救命!

哦，今天本来棒呆了，但后来又有点糟。再后来，我想应该又棒呆了吧。到家后我才发现，杰克舅舅会住在我的房间！整个暑假我们都会是室友。妈妈把一张小的折叠床放到了我的房间。我睡这张折叠床，床垫很薄，不太舒服，但我并不在意。杰克舅舅则是睡我的床。分配好床位后，杰克舅舅将他的东西放到了我的房间，一些放在我的抽屉里，一些放在我的壁橱里。收拾好后，我们便下楼吃晚餐。

吃晚餐的时候，妈妈问了杰克舅舅一大堆问题，什么样的都有。杰克舅舅在海豹突击队服役8年，就跟她分享了一大堆自己做过的很酷的事。这些事是任何孩子都梦寐以求的，比如跳伞、水肺潜水、直升机索降和使用炸药——这对杰克舅舅来说可都是家常便饭！

他还分享了自己打仗的经历。他说在战场上最难的不是执行任务，不是携带所有装备，也不是感到害怕，而是面对战友的受伤或阵亡。

晚餐后，趁着时间还不是太晚，我们上楼，回到房间"做好准备"（这是杰克舅舅的术语！）。正是从此刻开始，一切变得不美妙了。

杰克舅舅问我明天有什么安排。"你打算约些朋友出去玩吗？打打篮球、玩玩橄榄球之类的？"

"我没什么运动细胞。"我对他说。

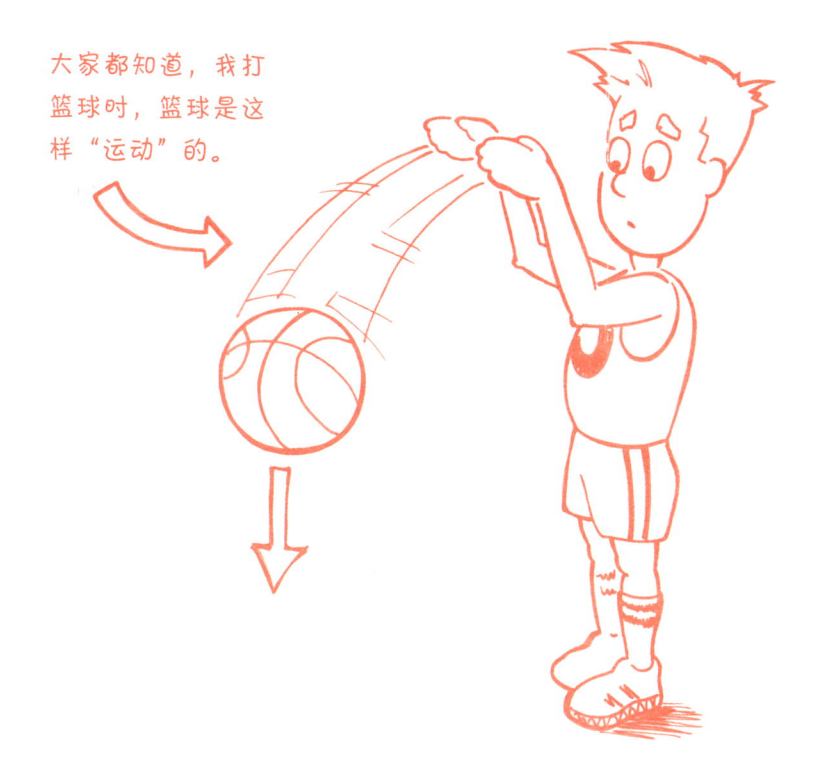

大家都知道，我打篮球时，篮球是这样"运动"的。

"要享受运动的乐趣并不需要你多擅长它。"

"可是，要是不擅长，可就真的没那么有趣了。"我回答道。此时此刻，我已经觉得自己像个大窝囊废了。

"好吧。那去游泳怎么样？这附近总有可以游泳的地方吧，对吗？"

一听他提到游泳，我的心情一下就跌入了谷底。现在我的亲舅舅想要和我一起游泳，但我做不到，因为我压根不会游泳！我甚至觉得自己不配做他的外甥。眼泪突然夺眶而出，我也脱口说道："我不会游泳。"

"不会游泳是什么意思？"他说。

"就是不会游泳。"

"完全不会？"他又问我。

"完全不会。我完全不会游泳。"说到这里，我苦苦压抑的情绪终于爆发，眼泪直流。我将早上没有告诉妈妈的所有事都告诉了他。所有事。"不仅如此，我还连一个引体向上都做不了。我可能是全校最弱的孩子了。"我此刻真的是哭得稀里哗啦，也顾不得自己看上去有多幼稚了，只是忍不住地一个劲儿哭诉，"还有，还有呢。我到现在都没能记住乘法表！我都快11岁了，却还记不住乘法表！"

"我知道了，其实……"杰克舅舅想要对我说些什么，但被我打断了。连我自己都觉得难以置信，我就这么直接打断了他，开始说我的烦心事。

"最糟糕的是，我还得忍受别人的欺负。肯尼·威廉姆森几乎天天都要使唤我，而我不得不听他的！"

"肯尼·威廉姆森是谁？"杰克舅舅问道，"老师？"

"不！"我大吼道，"他也是个孩子。一个恶霸！"

"好了，我知道了。"杰克舅舅说，"就这些了吗？"

"就这些？我被恶霸欺负、嘲笑，就因为我连一个引体向上都做不了，就因为我不知道8乘以7等于多少，就因为我不会游泳！这些加在一起还不够糟吗？"我大声问道。

"很好。"杰克舅舅说。

"很好?"我不明白,"这一切到底哪里好了?"

"我说很好是因为,这些问题都是你可以改变的。每一个都是。"

我一时不知该说些什么。我原本正在哭诉自己的遭遇,悲伤得一塌糊涂,但看到杰克舅舅这么淡定,我也渐渐平静了下来。

"听我说,马克,"他说,"刚加入海军那会儿,我也只能做7个引体向上,而现在我可以做47个。以前我也不擅长游泳,但现在我在水里能像鱼儿一样。以前我的学习成绩也不好,但在加入海豹突击队后,我通过训练掌握了学习的方法,并最终在各项学业考试中都取得了优异的成绩。我要和你说的最后一点是,我刚加入海豹突击队时对战斗还一无所知,但现在无论任何情况,我都能应付。"

"你当然可以!你是海豹突击队的呀!"

"你没听懂我的意思。我不是生来就什么都会!我也得下苦功去争取。我也得学习。我也得用努力去换取这一切。我想告诉你的是,你也可以不再做一个胆小鬼,

成为一个小战士。"

小战士？！我虽然没有完全弄明白，但这个词听上去就酷毙了。

"小战士是什么？"我问道。

"这个我明天再给你解释。现在你该去睡觉了。不

过，我确实觉得你有必要成为一名小战士。"

杰克舅舅离开卧室，下楼和我妈妈聊天去了。小战士。小战士。哇哦！

我躺在床垫上，想着这个词，慢慢地就睡着了……

第5章
小·战士

> 我感受到了前所未有的巨大压力。我看着他的眼睛说道:"能,我保证。"

第二天早上我醒来时，杰克舅舅已经不在房间里了。我不知道他去哪儿了，下楼才发现，他已经坐在餐桌前，和我妈妈一同吃早餐了。

"早啊，还没睡醒？"他说。我揉了揉眼睛。他说的没错：我还没睡醒。

"你起这么早做什么？"我问。

"嗯，"他说，"我醒了就开始锻炼，跑了个步，冲了个澡，复习了一下大学推荐的读物，现在正和你妈妈吃早餐。"

"一早上你做了这么多事？"

"当然。"

"你几点醒的？"

"黎明之前的时候。"杰克舅舅说。

"那是几点？"我问。

杰克舅舅笑了："就是我起得很早的意思。非常早。"

我想不到有人能起得那么早。上学时，我必须每天7点之前起床，这已经很痛苦了。杰克舅舅一定是5点左右就起了！

"今天我们得聊一聊，对吗？"

"是的，没错。"我不安地回答道。

"好了，那就赶紧来吃早餐，吃完我们出去走一走。"

我狼吞虎咽地吃了点东西，然后赶紧套上衣服，告诉杰克舅舅我准备好了。

"你确定准备好了？"他表情严肃地问道。

"我很确定。"虽然很紧张，但我还是这样回答道。

"好吧，那，"他对我说，"我们就走吧。"

我们走出家门，朝公园走去。

"马克，你知道如何才能成为一名战士吗？"刚拐过第一个街角，杰克舅舅就问我。

"我不知道,一点也不知道。"我说。

"好吧。那你知道战士是什么吗?"

"知道。我是说我觉得我知道。战士就是打仗的人……对吗?"

"这只是其中一部分。还有呢?"

"我不知道还有什么。"

"那么你是不是觉得成为战士的唯一方式就是打仗?是不是觉得所有打过仗的人都是战士?"

"我想是的吧。"我答道。

猜猜看,谁啥都不懂却在胡说八道?

这小子➡

"那你就猜错了。要成为战士,光是打仗可远远不够。战士是敢于维护自己权利的人,他们会直面挑战。

战士是会尽一切努力实现目标的人，他们有克服自身弱点的自制力。战士是会不断检验自己、提升自己的人。当然，战争是终极考验，但并不是所有战士都会上战场。"

"那一个小孩要怎么成为战士呢？"我问。杰克舅舅刚才说的那些，根本不像是一个孩子可以全部做到的。

我是很能睡的"战士"。

"做到我刚才说的那一切。普通小孩不会逼迫自己，但小战士会。普通小孩不会不断提升自己，但小战士会。我考虑过你昨天向我哭诉的一切问题。那些都不是一名小战士会哭诉的。小战士会做些什么来解决那些问题。"

"那要做些什么？"

"做些什么？什么能解决问题就做什么。你遇到的

每一个问题都是可以解决的。每一个都可以。你做不了引体向上？那你就好好锻炼，变得足够强壮，足以完成引体向上。你背不下乘法表？那你就好好学，反复练，直到你把它背得滚瓜烂熟。你不会游泳？那就去学。你总被欺负？那就学会战斗。"

"战斗？"我问。

"是的，战斗。和世界上其他的事情一样，战斗也是有技巧的，就像学一项新的运动，当你知道其中的技巧并不断练习，你就可以保护自己不被任何人欺负。"

"你真的觉得我能做到这些吗？"

"我知道你可以。就像我昨晚跟你说的，我刚加入海军时也不得不改变自己。我必须变得更强壮。我必须学会战斗。我甚至必须学会学习。而我做到了。既然我都能做到，那么你也可以。你想不想做到？你想要克服自己面前的一切挑战吗？"

"当然！"我大喊道，杰克舅舅的话彻底点燃了我的斗志。"谁会不想！"

可接下来，杰克舅舅变得无比严肃，脸上一点笑容都没有。他直视着我的眼睛，说道："但我要提醒你，这不是件容易的事，会比你以往做过的所有事情都要困

难。我会帮助你,但一切都要由你自己来做。改变必须是你自己想要的、发自内心的。你是自己想要改变吗?"

他的这番话让我有些紧张。但一想到可以同时克服这么多困难,我就兴奋得顾不上别的了。"是的,我想要改变。"

"我需要一个承诺,我可不希望你来浪费我的时间。你能保证吗?"杰克舅舅一边问,一边伸出了手。

此时此刻,我感受到了前所未有的巨大压力。我看着他的眼睛说道:"能,我保证。"我们握了握手。

"训练从明天早上开始。"杰克舅舅轻声说道。

在穿过公园回家的路上,我们一直没有说话。

但有些事已经改变了。

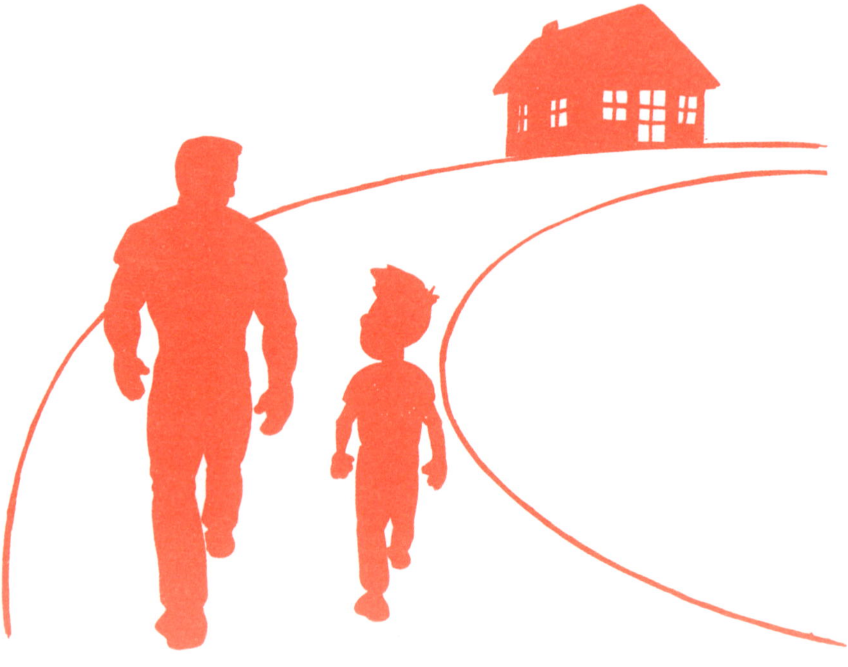

第6章
训练开始

> 我从被子里滚了出来，做了9个俯卧撑，然后脸朝下摔下了床。

哦，哇！今天简直太疯狂了，我是说真的疯狂！今天早上，我睡得正香，做着美梦。梦里，我在自己最爱的餐馆经典麦芽商店点了一个双层芝士汉堡、一份薯条和一杯奶昔。

我沉浸在甜美的梦境中，看着食物上桌，就摆在我面前。我刚拿起香喷喷的芝士汉堡准备咬下去，突然——咣！咣！咣！咣！震耳欲聋的噪音把我吓了个半死。我的心脏都差点从嗓子眼儿跳出来。我以为自己遭遇了外星人的袭击，而他们的主要武器是又旧又破的铙钹！

紧接着，其中一个外星猛兽对我咆哮道："快起床！"我立刻察觉到，这个外星人的声音简直和杰克舅舅的一

模一样。是的，你猜对了，他就是我的杰克舅舅。他正拿着扫帚棍用力敲打金属垃圾桶，一边敲一边大声喊我起床，还要我做 50 个俯卧撑。但我还迷迷糊糊的，脑子里只有那个双层芝士汉堡，正打算重回梦乡，便告诉那个外星人，我觉得自己连 5 个俯卧撑都做不了，更别提 50 个了。

但杰克舅舅完全不关心我的芝士汉堡，也不关心我可以做多少个俯卧撑。他将垃圾桶放在我耳边，敲得更大声了！我从被子里滚了出来，做了 9 个俯卧撑，然后脸朝下摔下了床。

当我终于抬起头来环顾四周，才发现外面还是漆黑一片！我问杰克舅舅现在几点，他只说："到起床训练的时间了！"

我的一天就这么开始了。杰克舅舅给我演示了一连串的训练动作，然后要我照做。古怪的是那些动作都有着怪异的名字，每次说到这些名字，杰克舅舅似乎都很开心。比如"星跳""波比跳""钻石俯卧撑""潜水炸弹俯卧撑""超人式俯卧两头起""屈体抬腿"和"腹部炸弹"。不过，我跟你说，虽然这些名字听着好笑，但这些动作做起来一点也不好笑。它们让我痛苦！但杰克舅舅做起来似乎毫不费劲。接着，他让我做了个测试，看我 2 分钟内分别能做多少次下蹲、俯卧撑和仰卧起坐，每做完一组可以休息 1 分钟。我一共完成了 23 次下蹲、14 个俯卧撑和 18 个仰卧起坐。然后杰克舅舅也照做了一遍。他完成了 104 次下蹲、108 个俯卧撑和 122 个仰卧起坐！

我对杰克舅舅说，我是个弱者！他却解释说，我现在之所以身体弱，是因为之前从未训练过，从未锻炼过。"为了强壮起来，"他说，"你必须让自己的身体动起来。"他告诉我，一切要从早起开始，"要坚持早起"。我问他是否可以不要起得那么早，我们可以晚一点开始训练，或许可以选一个更合理的时间。

杰克舅舅说：不可以。他说，鞭策自己改变要从每天逼自己早起开始！

我问，这是否意味着他每天都会拿个垃圾桶在我耳边咣咣咣地敲。

他说不是——只要我起床起得足够早，就不需要用到垃圾桶！

也就是说，我只有两个选择：要么早起，要么忍受他拿个垃圾桶在我耳边咣咣咣地敲！

我不确定自己是否喜欢这个训练计划！但我不得不

提到一件让我惊讶的事。早上完成的这些训练确实让我在之后的一整天里都更舒服了。我觉得自己精神很好、心情愉悦，就像注入了额外的能量一样。正因为这样，尽管早起和训练都很辛苦，但我还是很喜欢它们带给我的一整天的美好感受。这一切的辛苦都是值得的！

第7章
成为战士意味着什么?

到家后,杰克舅舅取出了一本旧旧的三孔活页本递给我,就说了一个字:"读。"

短短几天，我就习惯了早起。从第三天开始，我耳边就再没有响起过垃圾桶的咣咣声了。今天，在早晨的例行训练后，杰克舅舅与我进行了一场非常严肃的交谈。

"你觉得你现在是个小战士了吗？"他问。

"我想，可能是吧。"我说。

"为什么会这么觉得？"

"这个嘛，我现在每天都起得很早，也会完成你要求的所有锻炼项目。"

"你认为这样就足以让你变成战士了？"

"可能是吧？"我问道……其实内心深处知道这些还远远不够。

"大错特错！"杰克舅舅打断了我，"要成为战士，只是早起和锻炼还远远不够。远远不够。你觉得成为战士最重要的是什么？"

"和敌人战斗？"我一边问，一边期待他能给我讲些战场上的精彩故事。

"这是很重要，但只是战士的职责之一。再猜。"杰克舅舅说。

"参军？"

"同上，这也是战士的职责之一，但不是最重要的。"

还猜得到别的吗？"

"没了，杰克舅舅。我被难住了。"

"是遵守战士准则[1]。"

"是密语之类的吗？"我问。

"不。"杰克舅舅笑着说，"不是密语，是战士应该遵守的规则。是他们自己及其同队战友应该遵循的标准。"

"就像法律那样？"我问。

"不完全是。法律是每个人都要遵守的，是用来维持秩序的。战士准则不是由警察来执行的。它是你用来

---

[1] 在英语中，code 既有准则也有密码的意思，所以有此误解。——译者注

约束自己的。它能让你的生活不偏离正轨。"

"那这个准则是什么？都有些什么规矩？"

"不同的战士群体有不同的准则，具体取决于他们的文化、时代和社会。"

"哪种是最好的呢？"

"它们各有各的长处。你必须亲自看一看，自己阅读它们，努力理解那些不同的准则。然后提出你可以遵守的、属于你自己的战士准则。"

"好的。我该去哪里找那些准则呢？"

"等到家后，我会先拿给你一些。"

到家后，杰克舅舅取出了一本旧旧的三孔活页本递给我，就说了一个字："读。"

"我会的。"我也这样去做了。

我上楼,回到房间,打开了这本笔记本。里面夹了厚厚一叠纸,纸的大小和类型各式各样,并不统一。其中有些是拍照后复印的,还有一些是手写的。下面是我从中看到的一些战士准则:

海豹突击队准则

- 忠于国家、忠于团队、忠于队友
- 无论战场内外,维护荣誉、秉持正直
- 时刻准备着领导与服从,绝不临阵脱逃
- 对自己的行动负责,对队友的行动负责
- 遵守纪律,激发创意,做一名卓越的战士
- 为战而练,为胜而战,力克国之敌人
- 日日历练,练就自己的三叉戟[1]

---

[1] 三叉戟徽章是海豹突击队的标志。该徽章上,有一只老鹰抓着枪、锚和三叉戟。在古希腊和古罗马神话中,三叉戟是海神的武器。徽章象征海豹突击队的海上作战能力。——译者注

维京法则

- 勇敢，有闯劲
  - ——直截了当
  - ——抓住所有机会
  - ——攻击方法要富于变化
  - ——做个灵活敏捷的多面手
  - ——一次攻击一个目标
  - ——不要任何事都过于详细计划
  - ——要用质量上乘的武器
- 做好准备
  - ——要让武器时刻处于最佳状态
  - ——保持良好的身体状态
  - ——找到好战友
  - ——对重要问题达成一致
  - ——选出一名领导者
- 做个优秀的商人
  - ——找到市场所需
  - ——不承诺做不到的事
  - ——不要求过多的报酬
  - ——做好安排，以便复查

- 确保营地井然有序

    ——确保一切整洁、井井有条

    ——安排有趣但又能增强团队实力的活动

    ——确保每个人的工作都是有用的

    ——向团队内的所有成员咨询建议

游骑兵信条

- 我承认，我自愿成为游骑兵，我知道自己选择这一职业将面临的一切风险，我将始终竭尽全力维护游骑兵团的威信、荣誉及崇高的团队精神。

- 我明白，游骑兵是士兵中的精英，要通过海、陆、空抵达战斗的最前线；我接受祖国对游骑兵的期待，作为游骑兵，我在战场上的行动应该比其他任何士兵都更快、更远，我战斗时也应该更舍生忘死。

- 我决不辜负战友。我将始终思维敏捷、身体强健、正直诚实。我不会局限于只完成分配给自己的任务内容，无论什么任务，我都将投入不止100%的努力。

- 我将英勇地向世界展示，我是百里挑一、训练有素的士兵。我应礼待上级、整洁着装、爱护装备，为他人作出表率。

- 我将积极迎战祖国之敌。我接受过更优良的训练，必将全力以赴，败其于战场。游骑兵的字典里没有"投降"二字。我绝不会任由受伤倒下的战友落入敌人之手，我绝不会令祖国蒙羞。

- 即便战至最后一人，我亦不屈不挠，时刻准备着为实现游骑兵的目标和使命而战。

游骑兵，做前锋！

美国海军陆战队信条

道义：这是我们人格的基石。正是这一品质让海军陆战队队员得以成为伦理道德的最佳典范：绝不撒谎、绝不欺骗、绝不偷窃；严格遵守正直诚实的准则；尊重人的尊严；尊重彼此，关心彼此。它代表了成熟、奉献、信任和可靠，这些品质确保了海军陆战队队员能够为自己的行为及行动负责，能够完成目标，能够让其他人对自己的行动负责。

勇气：勇气是海军陆战队信条的中心，是根植于海军陆战队队员心中的身体、心灵与道德的力量。勇气能帮助海军陆战队队员通过战斗的挑战，摆脱恐惧的支配。勇气让海军陆战队队员有能力做出正确的选择，遵守更高的个人作风标准，以身作则，在重重压力下做出艰难的决定。勇气是源自内心的力量，正是这股力量让海军陆战队队员更加卓越。

承诺：这一精神代表了一支部队内所有成员的决心与奉献，是拥有专业素质并熟稔兵法的前提。它能提高队伍与队员自己的最高纪律秩序。它是灌溉队员内心的养分，让他们能一天 24 小时地为海军陆战队、为祖国奉献，让他们拥有自豪感并关心他人，让他们能在每一项任务中为卓越目标而不遗余力。正是承诺这一价值观，让海军陆战队队员成为了他人努力效仿的战士与市民的楷模。

美国陆军战士精神

我将始终以使命为先。

我将永不接受失败。

我将永不放弃。

我将永不离弃任何受伤倒下的战友。

武士道七德（武士信条）

- 正直
- 尊重
- 英勇
- 荣誉
- 同情
- 真诚
- 责任心与忠诚

中世纪骑士信条

- 敬畏上帝，维护上帝之教派
- 以英勇与信仰之心侍奉君王
- 保护弱者与无力自卫者
- 救济孤儿寡妇
- 不得肆意妄为、无法无天
- 以荣誉为准则，以荣耀为目标
- 鄙视金钱诱惑
- 为众生福祉而战
- 服从权威
- 捍卫同侪骑士的荣誉
- 避免不公、吝啬与欺骗
- 忠于信仰
- 永不说违背真相之言
- 坚持不懈，有始有终
- 尊重女性
- 绝不拒绝对手之挑战
- 绝不临敌而逃

这些东西真是超级酷。我知道自己必须得好好想想杰克舅舅说过的话了：制订我自己的战士准则。我开始构思这一准则的内容，并开始思考按照这样的准则生活将意味着什么。

第8章
提升力量的礼物

> 几秒之后我就握不住了，从杆子上滑了下来。

这天早上,闹钟一响我便起床了,杰克舅舅说的"黎明之前"这个时间已经成为我新的作息起点。当然,这时杰克舅舅早已不在房间里,他到外面某个地方做运动去了。我之前就觉得杰克舅舅可能压根不睡觉。晚上我睡之前他没睡;早上我起床的时候他已经不在了。他的床又总是叠得整整齐齐的。所以,没在房间里见到他我也不奇怪。但是接下来发生的事确实出乎了我的意料。

"起床!"杰克舅舅一边冲进房间,一边大喊道。

"我起了！"我说。

"那就快来！我给你准备了一个礼物。"

"礼物？"经验告诉我不要期待是什么正常的东西。而且，我基本能确定那多半不会是什么让我好受的东西。

"嗯……就是给你的一点小礼物。快来！"

我套上短裤，穿上T恤、跑鞋，跟着杰克舅舅下了楼。

"在车库里……"杰克舅舅一边说，一边领着我出了门。我们穿过后院，朝车库走去。我很好奇，他到底在那里放了什么？也许是一辆新的自行车？卡丁车？不，我知道肯定不会这么简单。或者说，肯定不会这么"实用"。

他打开车库门，我走了进去，看了一圈儿，却什么都没看见。

"什么？"我问他。

"什么什么？"他回答。

"礼物是什么？"我问。我并没看见车库里有任何新的东西。

"抬头看。"杰克舅舅笑容灿烂地说。

我一脸茫然地缓缓抬起头。突然，我看到它了，它也回望着我。那是一根引体向上杆。

"觉得怎么样？"杰克舅舅问我。

一根粗粗的金属杆被螺钉固定在两块结实的厚木头上，看起来很怪，也有点吓人。

"这是我昨晚做的，在你睡觉的时候。"

我想，我本应该觉得高兴或者感激的，但我只感觉得到害怕、紧张又难为情，因为我很清楚自己连一个引体向上都做不了！更糟的是，杰克舅舅就在我旁边，他就要亲眼见证我到底有多弱了！

就 在 我 傻站着胡思乱想时，杰克舅舅已经跳起来做了 25 个引体向上，他轻松得就像 25 个引体向上没什么大不了一样。"这根杆子很不错。"他对我说，"来试试。快来。"为了让我能够到杆子，他做了个箱子给我垫脚。他把箱子推到杆子下，对我说："站上去，让我看看你能做几个。"

我磨磨蹭蹭地站了上去，犹犹豫豫地举起了手，整个过程好像漫长得有一年之久。这根杆子比学校里的粗多了，所以更难握住。这之后的一切就像放假前那一天的重演，我使出浑身力气去拉……但什么都没有发生。我又试了一次，甚至发出了哼哼唧唧的声音，好让杰克舅舅知道我真的有努力。但哼哼也没什么用。杰克舅舅只是站在原地看着我。几秒之后我就握不住了，从杆子上滑了下来。

"对不起,杰克舅舅。"我不好意思地对他说道。让我觉得丢脸的是我自己力量太弱,或者应该说是我压根没有力量。

"别说对不起。"他说,"对不起不会让你变得更强壮。好了,接下来我们要做的是……"他又拿出了一个自己做的箱子,放到了杆子下,这个比之前那个要高。"站到这个箱子上,抓住杆子,然后跳起来,下巴要超过杆子。跳上去后,我希望你保持在那个高度,能坚持多久就坚持多久,等你坚持不住时再下来,但速度要尽可能的慢。"

我听从他的指示,抓住杆子,跳起来,下巴超过杆子。我坚持了几秒钟,然后在坚持不住时才尽可能慢地下来。

我刚下来一脚踩到箱子上,就听见杰克舅舅大声说道:"再来一次!"我照做了。这一次因为肌肉疲劳,我坚持的时间更短了,下落的速度也更快了。"再来!"杰克舅舅再次大喊道。我再次照做。然后一遍一遍又一遍。最终,当我十分勉强才跳了上去,而且几乎是刚一上去就立刻掉了下来时,杰克舅舅才松口:"好了。现在休息一下。在我刚加入海军时,也只能勉强做 7 个引体向上。但海军部给了我一个训练方案,我坚持去做——

直到今天仍在坚持。现在做 50 个引体向上,对我来说也毫不费劲。你想知道你怎样才能擅长做引体向上吗?"

"怎样?"

"做引体向上!这样一来,到暑假结束时,你至少能做 10 个引体向上。10 个引体向上,等你回到学校,

你就能一口气做完。你觉得这听上去怎么样？"

我兴奋极了。我也会有能做 10 个引体向上的时候！我再也不会成为体育课上的笑柄了！"我觉得这听上去帅呆了！"我说。

"好，那就记住，那些引体向上可不会自己从天上掉下来。你必须用自己的努力和投入来获取——明白吗？"

"我明白。"我确实明白他的意思，就是这件事会很辛苦。但我相信一切都会是值得的。

"好，下一组！"杰克舅舅大喊道。这一次，以能连续完成 10 个引体向上为目标，我站回箱子上，抓住杆子，跳起来，再次开始了训练。

第 9 章
8 的乘法

今天我学到了很多。第一就是"知识"。看吧，到目前为止，杰克舅舅教我的能成为战士的方法大多与你能想到的完全一样。比如要变得强壮，要学会如何战斗。每个人都知道战士必须具备这些素质。嗯。

但许多人，包括我之前也不知道的是，战士还必须要聪明。杰克舅舅跟我讲了所有成为战士所必须知道的事。比如：

1. 一加仑水重 8.35 磅（约 3.79 公斤），平均每人每天至少需要半加仑水才能生存。战士必须了解这个知识，才能知道执行任务时需要携带多少水。真酷！

2.战士必须懂得看地图,这样才能确定自己的位置,以及如何抵达目的地。

3.战士必须精通电子技术。比如如何操纵卫星无线电通信系统。你知道无线电通信系统连接的卫星都是在"对地静止"的轨道上运行的吗?也就是说,这些卫星在距离地球2.2万海里高的地方——1海里(约1.8公里)和1英里差不多,但会稍微长一点。而且以地球为参照物的话,它们等于一直静止在同一个位置上。哇!会这些的战士光是听起来都让人觉得很聪明!

4.战士必须了解历史,这样才能知道在过去的战争中什么有用、什么没用。你知道吗?无论任何情况,占据高地都会成为对敌优势。真的!

5.战士必须学习其他语言,这样才能在去其他国家执行任务时与当地人交流。你知道斯瓦希里语里的"忽佳博"(hujambo)是"你好"的意思吗?斯瓦希里语是肯尼亚和其他一些非洲地区所使用的语言。酷毙了!

6. 最后，也最重要的一点是，一个战士最好的武器就是自己的头脑。他们必须用头脑思考出打败敌人的方法：如何才能出其不意、攻其不备。如何攻击敌人的弱点。如何比敌人更聪明。不聪明的人是做不到这一点的！

战士必须聪明，这就意味着他们必须学很多东西。啊喔！我知道你现在在想什么！我前面说过了，我不聪明。正如我前面所说的，我这一学年的表现糟透了。我甚至连乘法表都没背下来。

不过，别急！我今天还学到了别的，这一点也非常重要：我学会了如何去学。当我告诉杰克舅舅我不聪明时，他笑了。他告诉我，他小时候学习成绩也不好。那时候他觉得上学不重要。但在加入海军后，他才意识到自己不得不去学一大堆东西。幸运的是，新兵训练营的一名教官教给了他学习的方法。

杰克舅舅问我，乘法表中哪个数的乘法最难。我觉得是 8 的乘法，完全没有什么规律可循，乱七八糟的。真是个让人抓狂的 8。

杰克舅舅去我妈妈的书桌上拿了一些 2 寸大小的索引卡过来。他让我把这些做成闪卡。我告诉他学校里发

过用来学乘法表的闪卡，他却说那些没用，必须由我亲手制作。

于是，我拿起索引卡，在一面写下问题，另一面写下答案。1×8=8。2×8=16。3×8=24。4×8=32。5×8=40……一直写到了13×8。我对他说，学校没要求背8×13。他却说他不在乎学校有什么要求！我甚至完全不知道8×13等于多少。他让我自己算。于是我把13个8加起来，终于得到了104。然后他又让我重做了一份闪卡，这一次是8在前面。8×1=8。8×2=16。一直写到8×13=104。当我写到8×13时，我已经记住这个问题的答案是104了。等等！我想我已经学会8

的乘法了。

当我做完后，杰克舅舅把卡片都拿到手里，像牌一样洗了洗，然后举到我面前让我测试。他每次会抽出一张卡片，如果上面的问题简单，我答对了，他就会把那张卡片放到最下面。如果问题比较难，我没回答出来，他就会让我用8的加法自己算出答案，然后把那张卡片插到几张卡片之后，这样我很快就会再次遇到这道题。当我再看到它时，比如 8×7，我的答案就算错误，也至少会比上一次更接近正确答案 56。然后他又会把卡片插回去，不过这次会放得更后面一些。

等我真的记住了那张卡片，一看到就能立刻说对答案时，他便会把这张卡片放到桌子另一边，不再放回去。这意味着我已经记住它了。

大概 15 分钟后，所有卡片都放到了"我记住了"的那一堆里。

然后他又拿起了"我记住了"的那一堆，重来了一遍。我全答对了！每一个都答对了！

"看！"杰克舅舅说，"你并不蠢。你只是需要多用心。"

"什么意思？"我问。

"就是说要努力、专注、百分之百投入。你看,没人是生来就会背乘法表的,其他的一切知识也是如此!你必须去学,你必须去学每件事。也就是说,你必须踏踏实实地一直学到、做到懂了为止。当然,这件事有的人做起来是会比其他人更容易。"

他向我解释了每个人都有自己的长处和短处。有些孩子更擅长学习,有些孩子更擅长跑步,有些孩子更擅长做引体向上,甚至有些人天生就擅长一切。他还说我有绘画天赋。他看过我在学校和屋子周围画的一些画。他问我是否花过很多功夫提升绘画技巧,当我回答说没有时,他便说这是我的天赋。他还说,其实任何人都是可以擅长任何事情的——只要他们肯努力。

他说得对。10岁的我就是个例子。之前我从未真正专心学过乘法表。我自以为我应该和我的朋友约书亚一样,他似乎只看了一眼就都记住了,我也应该如此才对。结果他的方法在我身上根本行不通。学习这件事必须多用心、肯努力。

这正是我今天学到的最后一件事:我并不笨,我其实相当聪明。我只用了大概20分钟就百分之百地记住了8的乘法。我需要的只是努力。

第10章
柔道

如果被背摔在地是一种优秀的表现……那我可真是棒呆了！

今天，杰克舅舅带我去上了我人生中的第一堂柔道课。上课的地方叫"胜利MMA"。怕你不知道，我解释一下，MMA的全称是综合格斗，综合格斗就是电视上播过的，两人在同一个笼子里互相攻击。我简直不敢想象自己接下来要做些什么！我觉得自己死定了。

当我们走进"胜利MMA"时，里面的布置看上去帅呆了，但还是相当吓人！到处都是悬挂的沙袋，还有两个拳击台，以及一个和电视上一模一样的格斗笼子。

楼上是一块空地，上面铺了很多垫子。其实，这一层楼就是一块巨大的垫子。就连墙上也铺了垫子！太酷了！杰克舅舅给我选的这堂柔道课上大概有15个孩子。他们看上去并不强壮，而且体型不一，有的比我块头大，有的比我块头小。教练和我想象中的也不一样。他不是超级英雄那样的大块头。他其实并不高，就和普通人一样。他远远地叫我过去，站到垫子上。

"过来，小子！"他说这话的语气给人一种最好乖乖听话的感觉。

这时杰克舅舅已经拿出文件开始忙他自己的了。没了靠山，我觉得自己最好还是乖乖听教练的话。我刚一过去，一步踏上垫子——"停！"教练朝我大喊道，"脱鞋，小子！不许穿鞋上垫子！"

我坐到长凳上把鞋脱了，这才走回了垫子上。"所有人都有，排好队！"教练严厉地说道。

"现在是抱摔训练时间。胜者留下，败者出局。每次两对，准备开始。"

两对孩子走上训练垫，其余人则在墙边排好了队。教练大喊一声："开始！"那两对孩子击掌，开始攻击。不过，他们并不是用拳头互相殴打，而是去抓对方的胳

膊、手腕，推对方的头，突然，其中一人迅速靠近对手，紧紧抓住对方的腿，把他猛地抱摔在了垫子上。我很快就明白了，那就是教练所说的"抱摔"。被摔倒的一方要排到队伍的最后面去，胜者则要留下与队伍最前面的那个孩子继续对战。

很快就轮到我了，我紧张极了。但因为我的个头比对手大，我觉得自己肯定能把他抱摔在地。我走上前，向对方伸出了手。我们握了握手。他说他叫托尔[1]。我

---

[1] 托尔是北欧神话中雷神的名字，也是漫威漫画中的角色。——译者注

说:"真的?"他说是的。"这是你的真名?"我再次问道。他又说了一遍是的。他的真名是托尔!我告诉他,我叫马克。面对面站着之后,我发现他的个头比我以为的还小,跟漫画书中的托尔更是天差地别。他问我是否准备好了。我说是的,然后我们击掌,开始攻击。我还没反应过来,他的手就已经伸到了我面前。我吓了一跳,下意识地眨了下眼。就在我闭眼的那个瞬间,托尔已经蹲到了我下方,牢牢抓住了我的腿,把我扔向了空中。然后,短短一秒,我就被他摔到了垫子上。他的个头可是比我小!

我败了,所以站到了队伍最后面。我的下一个对手比我个头大。我们击掌,这一次,我将双手举到脑袋边,让对方无法靠近我的脸。他紧紧抓住我的手腕,开始向下拉扯。我想抽回手,于是向上用力,他顺势一放,一个俯身朝我的双腿攻去。哪!我又被摔到了地上!

下一轮,杰克舅舅开始观战。我又被摔到了地上。我一次又一次被个头大的、个头小的以及个头和我一样的孩子摔倒在地。不过,尽管对战很难,我也不喜欢输,但我还是觉得这次体验很棒。这些孩子都知道如何战斗。他们知道如何取胜。即便是肯尼也会被他们摔倒在地的。

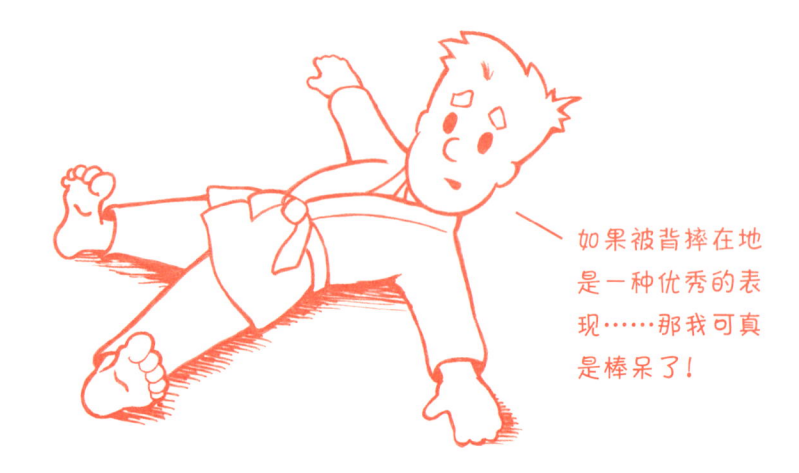

如果被背摔在地是一种优秀的表现……那我可真是棒呆了！

而这与他们是高、是壮还是快都无关。只是因为他们懂得更多。他们已经学会了这门技术，可以利用它。而这也是我可以学会的。

我们学的下一个技巧叫缠斗。一旦被抱摔在地，我们就必须尝试从地上发起攻击。这个攻击不是拳打脚踢，而是综合使用摔跤的动作和被称为"柔道"的技术。这与我以前见过的武术都不一样，以前我看到的是人们站成一排，对空气踢踹，而这个就像是实战。

而我学到的第一件事就是，我完全不会战斗。在柔道中，你一旦摔倒在地，对方就会试图让你"拍地"，这意味着认输。他们会紧紧抓住我的胳膊、手腕或肩膀，

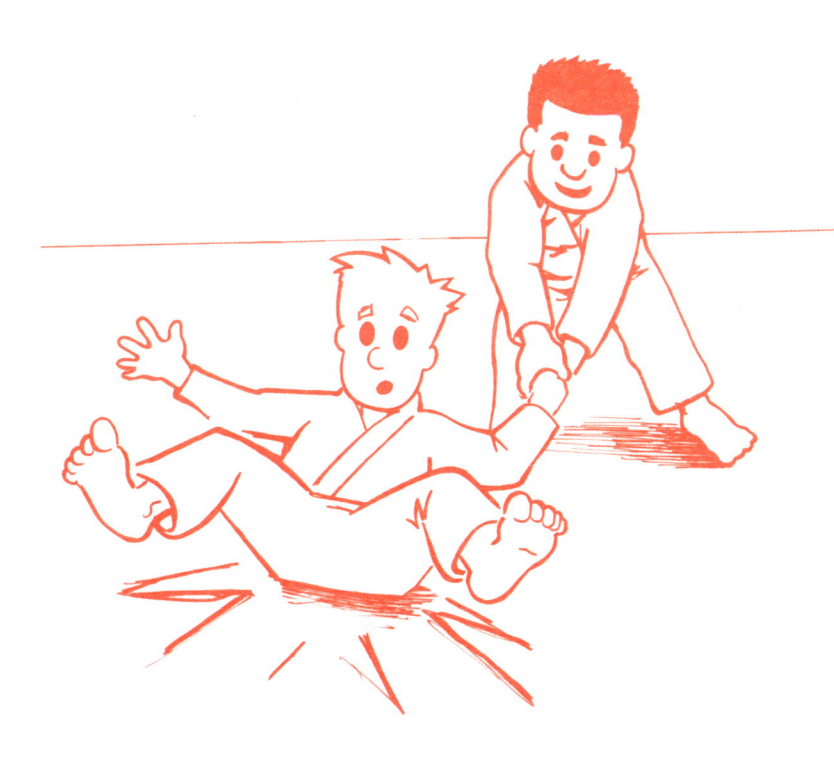

并朝反方向扭转，这会有点痛。等我拍地认输后，他们才会放手。

他们厉害得令我难以置信，就连比我个头小的孩子都能轻而易举地让我拍地认输！

而这同样只是因为他们具备了相关知识。他们学会了柔道，因此可以战胜比自己个头大的孩子。而这正是我在反抗肯尼时所需要的！

学习柔道的这第一晚让我丢脸难堪，让我筋疲力尽，让我有些疼痛，却也让我感觉棒极了！因为我人生中第一次意识到，通过学习一门技巧，我便能够保护自己和朋友免受肯尼这种家伙的伤害，并拥有自由！

第11章
恐水症

> 我刚踩进去，脚就打了滑，整个人都跌到了水里。

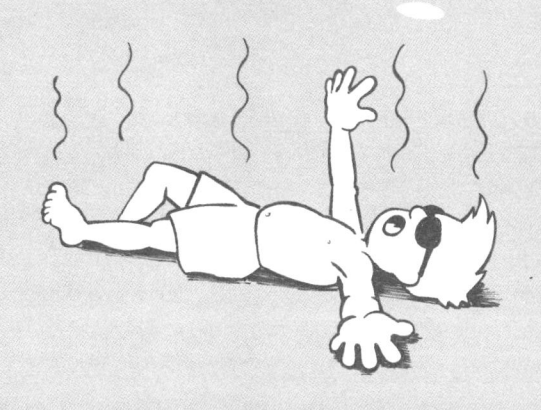

我觉得我今天死定了。具体一点说，我会淹死的！杰克舅舅知道我不喜欢水，一点也不喜欢。但他说，我必须学会游泳。他告诉我，地球三分之二的表面都被水所覆盖。我说我家周围都是陆地，但他是对的。我又想起了去年在汤姆山的难堪，我完全无法参与任何游戏，也完全无法享受校外考察的乐趣，只能坐在岸边。早上在那里坐一会儿没什么，但到午餐时间，岸边已经非常闷热，让人汗流浃背。其他孩子都跳到了凉爽的水里，玩斗鸡[1]、鲨鱼吃小鱼和马可·波罗抓人游戏[2]。而我都做了些什么？坐在烈日中大汗淋漓，还被晒伤了。真讨厌！

　　可问题是，无论多热，都盖不过我对入水的恐惧。我从没学过游泳！大概是4岁那一年，我跌进了一个所谓的锦鲤池——其实就是个小小的人造池，放了一些金

---

[1] 此处的"斗鸡"是一种在水里玩的游戏。游戏时，常常两人为一组，其中一名队员骑在队友的肩膀上，担负进攻任务与对手对抗。如果一支队伍被击倒或拆散，则被判定为落败的一方。——译者注

[2] 鲨鱼吃小鱼与马可·波罗抓人游戏都是水中抓人游戏，但具体规则不同。比如，在鲨鱼吃小鱼中，被"鲨鱼"抓住的小鱼会变成"鲨鱼"，加入抓小鱼；在马可·波罗抓人游戏中，当"马可"大喊"马可"时，其他人必须喊"波罗"，"马可"则全程闭眼，仅凭听到的声音来抓人。——译者注

色的鱼在里面。有的人会在自家庭院里造这种池子。这些池子本来不大,但要装个 4 岁大的孩子还是绰绰有余的。总之,我当时正站在那个小小的锦鲤池边看鱼,看着看着就想要踩到水里去。而我不知道的是,这种锦鲤池就像个埋在地里的巨型麦片碗,内壁是滑溜的塑料。我刚踩进去,脚就打了滑,整个人都跌到了水里。

　　妈妈说我立刻就被拉了出来,但我自己的感觉显然不是这样。我感觉自己被彻彻底底地淹没在水里,非常无助,好像永远也出不去了一样。这种感觉我是再也不想体会到了,因此从那天起,我对水都是躲得远远的。因为水让我恐惧。我之前就说过了,我怕水。杰克舅舅说,

这叫恐水症——对水感到恐惧。好吧，无论它叫什么，反正我就是怕水。

正因为这样，今天的经历才格外酷。杰克舅舅要带我去个叫鸟桥的地方。鸟桥位于森林深处，桥下有条缓缓流淌的河。天气炎热时，会有许多比我大一些的孩子来这里玩耍，他们还会跳到河里去游泳。这条河一侧有片小小的沙滩，另一侧是河堤。杰克舅舅开车载着我，我一路都十分兴奋，完全没有对水的恐惧。这可能是因为有杰克舅舅陪在身边，或者是因为他已经告诉我，我必须学会游泳，而我也接受了这个现实。总之，在车里的时候，我一丝恐惧的感觉也没有。

直到我们抵达河边。车一停，我的心脏就开始狂跳不已。我看着那条河。深色的河水看上去黑压压的——就像那个差点让我淹死的锦鲤池，只是比那个更大了！

杰克舅舅看得出我在害怕。他让我镇静一点，还说如果我不想入水，就可以不去，但他这话让我觉得自己就是个彻头彻尾的懦夫。这下可好了，我不仅觉得恐惧，还觉得自己懦弱无用。

杰克舅舅脱掉 T 恤，跳进水里，游到了对岸。但在他往回游的时候，突然潜入水下，消失了。他不见了。我等了又等，不禁开始紧张不安，接着便恐慌了起来！我觉得他一定是溺水了，我不确定他是被藤蔓缠住了，

还是被鱼、怪兽或别的什么抓住了，但我知道他在水里，他溺水了！

就在这时，他突然从水里冒出了头，笑着上了岸。他叫我到水边去蹚水玩。我问他会不会把我推进水里，他保证说不会。他告诉我，人们往往会对自己不了解的东西产生恐惧。而我需要了解的是，只要我尊敬水，学着在水里控制自己，水就不会伤害我。我走到水边，双脚踩进水里，并在杰克舅舅不断的鼓励下一点一点地朝更深处走去。

在我蹚进水里后，杰克舅舅抬手指向鸟桥。"到这个夏天结束时，你就可以从那座桥上跳下来并在这条河

里来回畅游了。"

"我可没这信心，杰克舅舅。"我说，"那座桥那么高。而且你别忘了，我可是连游泳都还不会！"

杰克舅舅上了岸，爬上鸟桥，高喊着"呼呀[1]！"跳进了河里。

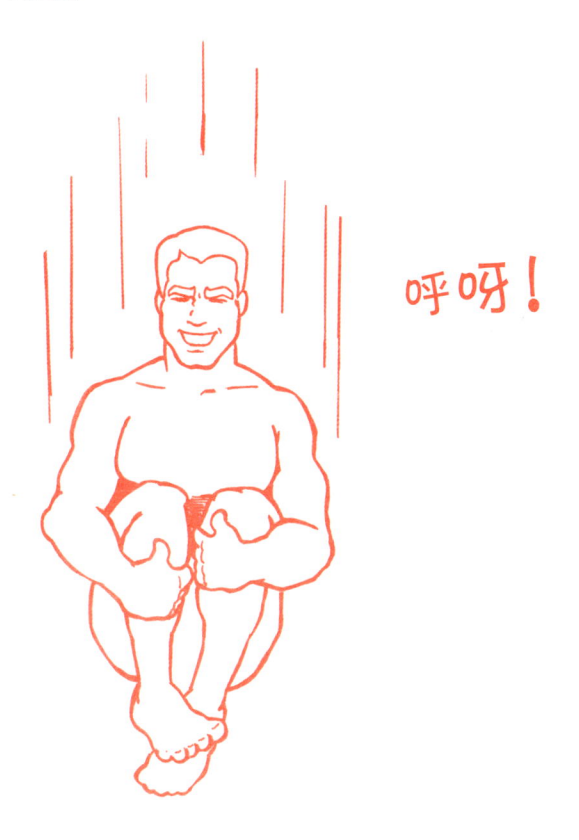

呼呀！

---

[1] "呼呀"（HOO-YAH）是美国海军用来提振士气的口号。——译者注

"看上去很有趣,不是吗?"他从水里冒出头来,对我说道。

我不得不承认那看上去确实有趣。

"等到夏天结束时,从上面跳下来的就会是你了。"

到这会儿,我站在齐膝高的水里已经不觉得不适了。这感觉也不太坏嘛。

杰克舅舅说:"好了,下一步你要把头埋到水下去。"

什么?!让我的脚趾头、我的脚丫子下水,那没问题。让我的头埋进水里?没门!

杰克舅舅看得出我的胆怯,我不想做。他帮我镇定下来,并说服我待在水里。他站在原地,多次把头浸在水里,每次从水中抬起头来,他都会一脸笑容地欢呼。我不得不承认,这看起来还蛮有趣的。接着,他开始大喊,不是对着我,而是对着森林,对着这条河,对着这个世界。他不像是在发泄什么消极的情绪,而像是在尽情享受当下。

"啊喔喔喔喔喔喔喔!"每当他从水里抬起头来,就会高呼,"啊喔喔喔喔喔喔喔!"

他说,在海豹突击队里,每当他们要做些自己不想做,或者害怕做的事情,就会大喊"呼呀"。他说大声喊叫可以释放因恐惧而产生的压力。他让我也来试一试，感受一下。

"啊喔喔喔喔喔喔喔！"我大喊道。然后又喊了一次，"啊啊啊啊啊啊喔喔喔喔喔喔喔喔喔！"

"再大声点！"他说。

"啊啊啊啊喔喔喔喔喔喔喔！"我喊了一遍又一遍。将所有的恐惧释放出来真的很舒服。我和杰克舅舅开始比赛谁的声音大，因此我一遍一遍地喊，声音越来越大。突然，杰克舅舅喊道："就是现在，头埋到水里去！啊啊喔喔喔喔喔喔！"

我不假思索地把头整个浸到水里，抬起头时便高呼，"啊啊啊啊喔喔喔喔喔喔喔喔喔喔！"我不仅做到了，还觉得有趣，因此做了一遍又一遍。

我和杰克舅舅一直继续着这个游戏：坐在水里，先把头埋到水里，然后抬起头，扯嗓高呼，尽情大笑。又过了几分钟，兴奋的情绪渐渐消散，我们才从水里走了出来。

"今天的进展很不错。"杰克舅舅对我说。

"是的，确实不错。"我回应道。

我们走回车旁，擦干身体，坐进车里。

在回去的路上，我意识到了一件事：虽然我还没有做好游泳的准备，但我已经不再害怕水了。

第12章
纪律等于自由

> 杰克舅舅坐在那里看着我。他没有生气。但他的表情似乎在说,他都要开始同情我了,就像我有多么无知一样。

哔！哔！哔！哔！哔！哔！哔！哔！

早晨，闹钟在我耳边大吼大叫，我任由它多响了几秒才伸出手按下按钮。安静的感觉真是太棒了！我一点也不想起床。我就想一直睡睡睡睡睡……我闭上眼睛，舒舒服服地开始一点一点重新陷入沉睡……

这时，远处传来了开门的声音。就在我晕晕乎乎地刚反应过来这开门声肯定是杰克舅舅来了时，他的声音就已经传了过来："马克？"我还没来得及回答，就听见了耳边突如其来的"咣！咣！咣！咣！"就像有一辆货运列车从我耳边轰隆驶过，垃圾桶和扫帚棍又来了。

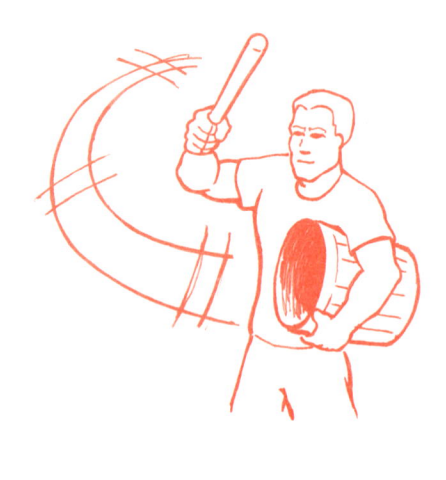

"好了。好了。我这就起来。"我对杰克舅舅说。我的声音听起来一定没什么热情,才惹来了杰克舅舅的大声质问。

"你到底怎么回事,马克?今天早上为什么没去车库训练?"

"这个……"我不知道该怎么解释。

"'这个'什么?"杰克舅舅问我。

"呃,我也不知道。"我对他说,"我只是……我只是……我很累。"

"累?累又怎么了?"

"嗯。你知道的。我累了。我训练了整整一周。我上了柔道课。我们还去了河边。做了这么多事,我就是累了。我觉得我需要休息一下。"

"如果你需要休息,那就早点睡。只要你不睡懒觉,就不会错过训练。即便你现在做不了高难度的训练,但出现并做些什么仍比完全不出现要好上一千倍。"

"好吧,其实不只是累。"我承认,"这个训练计划占用了我所有的时间。我厌倦了这种高强度的训练。也许我可以借这个机会放松一下,偶尔还能看看电视。我想有点自由时间做自己想做的事。"

快过来呀，哥们儿！

我觉得自己这番话说得合情合理。我难道就不能放松一下吗？就看一会儿电视能有多糟糕？对吧？我就是想要一点自由。

杰克舅舅坐在那里看着我。他没有生气。但他的表情似乎在说，他都要开始同情我了，就像我有多么无知一样。

"我们都想要自由，马克。我们所有人。那也是我一辈子的追求，是我和战友们在海外浴血奋战的原因。自由是至高无上的。但自由不等于随心所欲。如果你想要真正的自由，就必须有纪律。你知道什么叫有纪律吗，马克？"

我无法百分之百确定杰克舅舅的意思，但好像明白了一点。"有纪律难道不就是说遵守规则吗？"我说。

"那是其中一种纪律，"杰克舅舅说，"但有纪律并不是别人给你制定规则，然后你照做这么简单。最重要的纪律是要遵守自己给自己制定的规则。就是说有的事你虽然不喜欢，但只要这事能让你变得更好，你就还是要去做。"说到这里，杰克舅舅突然变得十分严肃，"听着，如果你想要拥有在学校不受肯尼欺负的自由，就必须把上柔道课、把学习能打败他的技巧都变成你的纪律。如果你想要拥有不再因做不了引体向上而沦为学校笑柄的自由，就必须把锻炼变成你的纪律，因为只有这样你才能做出引体向上。"

"如果你想要拥有在水中畅游,以及享受校外考察之旅的自由,就必须把克服恐水症、学会游泳变成你的纪律。还有学业呢?你想不想要不再被考试难住,不再被课堂上的问题难住的自由?想的话,就必须把好好学习学校教授的知识变成你的纪律。等你长大了,你还会想要财务自由——就是说有足够的钱做想做的事,不用为缺钱而担忧。而获得财务自由的唯一方式就是给自己制定财务纪律——存钱,不在不需要的东西上浪费钱。而这一切纪律的起点就是早起。"

"这个,我已经起来了。"我对杰克舅舅说。

"我知道你起来了,"他说,"但你起床的唯一原因是我来叫你了。我逼你起床了。这叫'他律',是别人逼你做他们想要你做的事。而你需要的是自律,是你自己控制自己,是你自己鞭策自己,是你自己逼自己做困难的事。这样你才能获得自由。你觉得我说的有道理吗?"

"我想是的。"我回答道。

"光'我想是的'是不够的。你必须能够理解。来,告诉我,你觉得自律是什么意思?"

我并不百分之百确定自己理解了,这令我很紧张。

但我确实觉得那番话有道理，因此，我决定试着回答看看。当然，我似乎也没有别的选择，毕竟杰克舅舅正盯着我要答案呢。

"杰克舅舅，我觉得自律的意思就是，"我说，"我们都想要自由。我们都想要做自己喜欢的事。我们都想要过无拘无束的生活。但这些自由必须由我们通过努力自己争取。我们必须用努力换取自由。自由离不开纪律。因此，即便有时候纪律似乎会限制你，逼你做自己不想做的事，但纪律也是自由的来源。纪律等于自由。"

纪律等于自由

"这就对了，马克。你说得太好了。纪律等于自由。那就快起来，该努力了！"

"杰克舅舅,这就是你一直很有积极性的原因吗?"我很好奇他为何总能这么精力充沛、活力四射。

"积极性?"杰克舅舅回答道,"我不关心有没有积极性,它是短暂的。它只是一种感觉。做任何事情,你都可能有积极性,也可能没有积极性。而真正能让你免入歧途、让你坚持战士道路的东西并不是积极性,而是纪律。是纪律让你按时起床。是纪律让你坚持练习引体向上。是纪律让你在柔道课上挥洒汗水。如果你只在自己有积极性的时候才去做这些事情,那你真正去做的时间可能只有现在的一半。当然,有积极性是好事,但你不能依靠积极性做事情。你必须依靠自己给自己制定的纪律。正如你说的:纪律等于自由。懂了吗?"

"是的,杰克舅舅,我懂了。"

"很好。那我们就下楼吧,去车库,还有很多事要做呢。"

说做就做!

第 13 章
第一个引体向上

> 嗯,我在想,真正的引体向上可能还是要留给那些引体向上专家们来做吧……

是的!

我做到了!今天,在训练了18天之后,我终于完成了自己的第一个引体向上。全靠我自己!

而且我不仅做了,还做得很轻松。今天训练时,我首先做了俯卧撑,创造了新的记录——22个。然后做了一些仰卧起坐和几次下蹲。

到了引体向上时间。

我走过去,搬出杰克舅舅做给我垫脚的那个大箱子。但我刚把它推到杆子下,杰克舅舅就说:"不用那个。"

我很不明白。"为什么?你今天不想让我做引体向上吗?"

"正好相反,马克。"他说,"今天是时候让你做一个真正的引体向上了。"

哦,不!这是我脑海里的第一反应。在之前三周的

"引体向上"训练中,我完全没尝试过真正的引体向上。我之前做的只能算是"简化版引体向上":踩在大箱子上起跳,等下巴超过杆子高后双手用力,尽可能时间长地停留在杆子上,等坚持不住时再以尽可能慢的速度降下来,下降的过程中也要不断用力,等我落到箱子上时再重新起跳,重复刚才的过程。所以,尽管这是"引体向上训练",但我其实从未做过真正的引体向上。

"我觉得自己还没准备好。"我对杰克舅舅说。

嗯,我在想,真正的引体向上可能还是要留给那些引体向上专家们来做吧……

"哦,你准备好了。而且即便你没有准备好,也是时候试一试了。我们必须评估一下你的进展。"

"这个，我现在在上面的坚持时间肯定是比以前更长了。"我说，"刚开始时，我只能坚持几秒，现在可以坚持三十多秒了。"

"嗯，这是不错的进展。"杰克舅舅说，"但你的目标并不是要在上面坚持多久。你的目标是能完成真正的引体向上。好了，让我们看看你现在能做多少个了。"

我正在用的这个箱子比较高，是为了让我跳起来后下巴能超过杆子高，杰克舅舅把它拖走，换了个矮的，站在这个小箱子上，我伸出手，只能刚好摸到杆子。

"好了，来吧。"他说，"快快快。"

我害怕极了。以前每次尝试，无论我用了多大力气，都无法把自己的下巴拉过杆子。现在尽管有杰克舅舅在身边，而且他还在我身上花了那么多功夫，但我仍然不觉得自己有能力完成真正的引体向上。我呆站着，望着头顶的杆子。

"嗯？你还在等什么？"

我一点点挪上箱子，抬手握住杆子。手里的杆子是冰凉的，但我注意到了一些没有想到的变化：我的握力。以前，每次握住杆子，我都觉得自己的手立马就要滑下去了，但这一次不一样，我感觉自己握得很有力。

我集中精神，深吸一口气，使劲一拉。我离地了，而且越来越高！

越来越高！很快，我的下巴就超过了杆子！是的！我做到了！

我缓缓下降，松手从杆子上下来，看向杰克舅舅。他正一脸笑意地看着我，那真是个十分灿烂的笑容！他

很高兴！而我比他更高兴。这感觉太棒了。

我就像杂志里的那些举重运动员一样，握紧双拳，举向双肩，看着杰克舅舅大喊道："耶！"而且，这也是我这辈子第一次切切实实感觉到自己开始有肌肉了。不是很大很显眼的那种，但我可以肯定它们就在那里。"肌肉男马克！"我咆哮道，骄傲极了。

可我发现杰克舅舅的笑容消失了。

"够了，肌肉男。"杰克舅舅说。我不知道怎么了，但肯定哪里出了问题。

"我觉得现在庆祝还早了点。"

"早?我刚完成了人生中第一个引体向上!我觉得现在很值得庆祝啊!"我对杰克舅舅说道。

"问题就在这儿。"

"问题?我完成了1个引体向上怎么倒成问题了?"

"与引体向上无关,马克。是庆祝。对你来说,现在庆祝还为时过早。"

"可我刚刚完成了1个引体向上。我这辈子的第一个啊!"

"但你的目标不是只做1个,而是10个。你刚做了1个。当然,这很值得开心,毕竟比一个都做不了好。但距离10个还很远。你的一生中,无论做任何事情都不能忽视长期目标,特别是在你想要庆祝时。你可以评估自己的表现,你可以努力从自己的成功或失败中总结一些经验教训,你甚至可以为了阶段性胜利小小庆祝一下,但不要过了头。你需要保持冷静。好了,过来跟我击个掌,然后回去继续引体向上训练。这还只是开始呢。"

我走向杰克舅舅,他已经举起手在等我了。

我用力地与他击了掌。他说："好样的。现在回去，再接再厉。"

"是的，长官。"我说。

回去后，我又做了 3 个单独的引体向上，这才换回了原来那个高的箱子。我继续做了许多个简化版的引体向上，每一次都会尽可能地控制速度，缓慢下降。在亲眼见证自己的进步后，我变得更加专注了。虽然距离连续做 10 个引体向上的目标还很远，但我终于开始觉得这个目标是真的可能实现的了。

第14章
卷土重来的闪卡

> 此刻的我真是兴奋极了,每一张闪卡上的问题我都答对了。

我开始从杰克舅舅身上学到一些很重要的东西。昨天我学到的是：不要太早庆祝。今天我学到的是："很好"是永远不够的！今天就是个非常好的例子。

下午，杰克舅舅去了商店，我无所事事地坐着，决定看会儿电视，这是我最近没什么时间去做的事！杰克舅舅一回来就看见我在看电视，他的表情看上去不太开心，应该说是一点也不开心。

"你在做什么，马克？"他问道，语气里充满失望。

"就是坐在这里看电视呀。"

"我看见了。为什么？你难道没有别的更有意义的事情做了吗？"

"这个嘛,今天我们已经锻炼过了啊。我的房间是干净的。我洗了碗,还打扫了厨房。我差不多做完了所有事。"

"真的?乘法表呢?"

"乘法表?"我正等着他问这个呢!我学得很用功,已经把从 1 到 13 的乘法表都背下来了。"我都记住了,每一张闪卡,百分之百。"

"百分之百?很好。去把闪卡拿过来。"

"拿闪卡?"

"是的,拿闪卡。我来当裁判。"

"好吧。"我跑回自己房间,拿到闪卡。当我从楼上下来时,杰克舅舅正好从他的健身包里掏出了什么东西,看着像块巨大的表。

"那是什么?"我问。

"一块秒表。"

"一块什么?"

"一块秒表。用来给你计时。"

"给我计时?"

"是的,给你计时。看看你够不够快。"

"够快?这又不是场速度比赛!"我抱怨道。

"每件事都是速度比赛。"杰克舅舅一脸"不怀好意"地说道,"把闪卡给我。"

我犹豫不安地把闪卡递了过去。我们坐到桌边。

"准备好了吗?"杰克舅舅问。

"准备好了。"在我回答他的同时就已经感觉到压力了。

"开始!"他按下了秒表上的开始按钮,举起了第一张卡,是 5×3。

"15!"我说。他接着举起下一张卡,是 2×4。

"8。"我大喊。

他举起下一张卡。这次他举起的是 9×6。不知怎么回事，我的大脑突然空白了几秒，可能是压力太大，也可能是这秒表影响了我。我努力思索，终于想了起来，"54！"我喊道。

"慢了。"杰克舅舅一边说，一边举起了下一张卡。

我们把所有闪卡都过了一遍。我确实在有的问题上犹豫了，也确实错了2次，但每一次我都在杰克舅舅把卡插回去前纠正了答案，因此并不用重新回答。我回答完后，杰克舅舅"啪"的一声把最后一张卡片拍在桌上，并按停了秒表。

我高举双手大喊道："太棒了！"此刻的我真是兴奋极了，每一张闪卡上的问题我都答对了。

"什么'太棒了'？"杰克舅舅问我。我的第一个引体向上教会了我,绝不应该过早庆祝,但这次不算早啊,我的最终目标已经完成了——或者我自以为已经完成了。

"这个,杰克舅舅,我是因为把整个乘法表都记下来了,所以才这么兴奋的。这意味着我学会了。杰克舅舅,真的非常感谢你帮了我这么多。没有你的帮助,我是做不到的。"

"你说错了。我只帮你学习了一组,其余的都是你自己学会的。一旦你掌握了学习的方法,就可以独立学习了。"

"我想你说的是对的。"我说,但心里并不知道杰克舅舅和我说这番话的目的到底是什么。

"但你还没完成。"

"还没？"

"没有。整个闪卡测试你用了6分37秒才完成,你的时间应该控制在4分钟以内。"

"4分钟？真的？"

"真的。"杰克舅舅说,"我希望你能将这些答案烂熟于心,不要有丝毫犹豫。一丝一毫都不能有。明白了吗?"

"嗯。我明白了。"

杰克舅舅继续说:"你做任何事情都应该这样——做到你能力范围的极限。你要竭尽所能,做到百分之百,这样你才能做到自己想做的。"

听完这番话,我又投入了新一轮的学习,这一次我用了杰克舅舅的秒表给自己计时。我会做到的!

第15章
拍地认输

在我向后靠的时候,我感觉杰登扭得更厉害了。但没用的,我已经完全控制住他了。

今天的柔道课真是太疯狂、太令人难以置信也太妙不可言了!

开始上课后,我们先做了一些例行的热身运动:围着垫子跑步、俯卧撑、仰卧起坐、滚翻以及所有其他的基础训练。接着是柔道基础动作的操练:锁臂、扫腿和"摆脱骑乘"的姿势。就在课程几乎过半时,班里突然来了个新人。这是他第一天上课。他之前从没练过柔道。

在我们操练动作时,我看到教练带着他过了一遍基础动作，给他演示柔道的核心是什么、柔道的基本姿势是什么；当然，还有最重要的，如何让对方拍地认输。

又到了对战时间。柔道里的对战就是与对手打斗，有点类似真正的搏斗，但不能拳打脚踢。不过你很快就会发现，拳打脚踢在实际对战过程中并没有人们以为的那么有用。更重要的是姿势正确，这样你才能控制对手，并把握住对的时机，利用关节技或绞技等技巧让对手拍地认输。关节技就是固定住对手的胳膊或腿，然后将它扭向相反方向——与胳膊和腿可正常弯曲的方向相反。

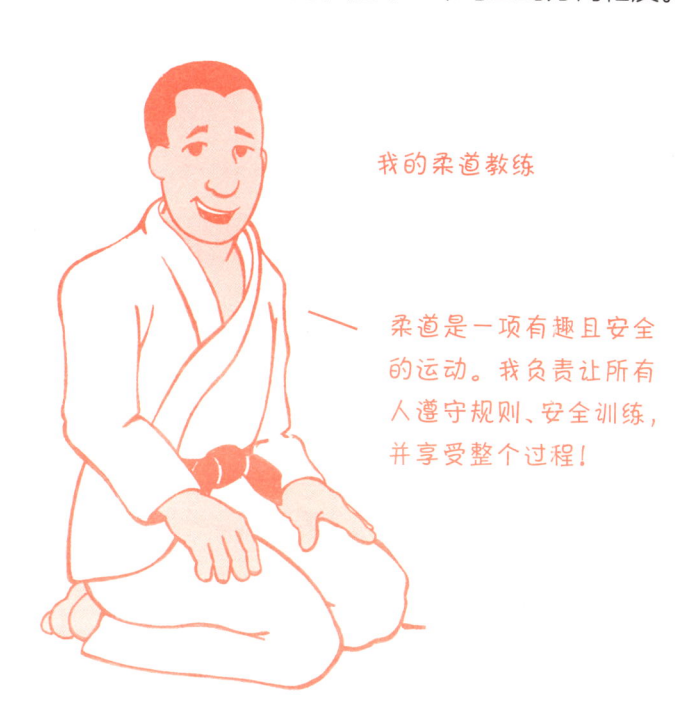

我的柔道教练

柔道是一项有趣且安全的运动。我负责让所有人遵守规则、安全训练，并享受整个过程！

不过别担心，你不会伤到自己的对手。一旦他们感觉到胳膊或腿上的拉力过大，只需要拍地认输就可以让你放手，这样，对战就结束了。绞技也是一样的。你将手臂绕过对手的脖颈，让他难以呼吸，对方就会拍地认输。我们还学过一点：柔道技巧只能在柔道课上有教练陪同时使用。在教练的陪同下训练，才能确保我们的练习是安全且有效的。

在前两轮对战练习中，我与班上的两三个孩子交了手。结束后教练突然叫住我："来这边，马克。"

我立刻走到教练面前，问，"怎么了，教练？"

"马克，这是杰登。杰登，这是马克。"

我与这个新来的握了握手，"你好，杰登。"

"我想让你和杰登对战,好吗,马克?"

"好的,教练。"

教练看向杰登说道:"放轻松,享受其中的乐趣。记住,如果觉得疼了,或者不舒服了,拍一拍地,马克就会放手,然后你们就可以从头再来。拍地认输没什么丢脸的,它只代表着你正在学习。明白了吗?"

"明白了。"杰登说。

我们走到了训练垫的空旷处。杰克比我矮,但相差不多,可能就一两英寸(约三四厘米)。我伸出手,与他握了握手。

我们刚握完手退后,杰克就冲了过来!我想,他并不打算听教练说的放轻松!他扑上来的时候就像个巨大的螃蟹,试图牢牢钳住我的双手和双臂。

我推开他的手,并在他靠近时,突然俯身,蹲到他双臂下面,轻而易举地抓住了他的双腿。接着,我按照自己学过的那样向前一推,完成了经典的双腿抱摔!

当我们双双倒地后,杰登真的发了狂。他又是推搡,又是顶撞,扭个不停,但他完全不知道自己在做什么。他不知道该推什么、该撞什么、该往哪里扭。我轻而易举地翻到了他身上,就像骑马一样坐在他的肚子上。

我一压上去,杰登就开始用双手推我的胸,想把我从身上推开。这是不会柔道的人惯常的应对方式:他们会试图把你从自己身上推开,而我知道遇到这种反抗应该要怎么做。我立刻侧身,一脚从他头上伸过去。

我用两条胳膊牢牢束缚住他的一条胳膊,膝盖用力靠拢,身体向后倒去。在我向后靠的时候,我感觉杰登扭得更厉害了。但没用的,我已经完全控制住他了。

我将自己的臀部缓缓推向他的肘关节,很快,他就拍地认输了!就是这样!这是我第一次让别人拍地认输!太棒了!

尽管让杰登拍地认输这件事令我兴奋不已、激动极了,但我知道自己得冷静下来,对他表示友好。"别担心,杰登,大家刚开始时都是这样的。"

"真的吗?"

"当然是真的。这就是柔道。就像学习弹钢琴或投篮一样,柔道也是一门需要练习的技术。只要练习就会变得擅长,然后你也可以让别人拍地认输!"

"嗯,那就好。我有什么地方需要改正的吗?"杰登问道。

在这节课剩下的时间里,我带着杰登过了一些基础动作。他高兴极了,也非常好学。而切实感受到柔道的真实力量,也激发了我对这项运动更浓厚的学习兴趣!

第16章

加燃料

我的食物怎么了？它们都是我妈妈买的，是我每天都在吃的啊！

关于所有这些训练啊、锻炼啊、学习啊，我能说的就是，它们让你感到饥饿！每天晚上我都觉得自己快饿死了，无论给我什么，无论给我多少，我都能吃得下！而我也差不多就是这样做的：想吃什么就吃什么，想什么时候吃就什么时候吃。直到今晚。今晚杰克舅舅又教给了我一件事！这次是关于食物的……

正如刚才所说，今晚，在下楼准备吃晚餐时，我早已肚子饿得咕咕叫、口渴得不行了。妈妈已经做好了一些菜，但我想吃些更美味的，于是拿出了一袋薯片，倒了一大堆在自己的盘子里。然后，我从冰箱里拿了一块可以微波加热的芝士火腿三明治，扔进了微波炉。它们都美味极了！加热几分钟后，芝士已经融化，从三明治边上渗了出来。

我拿出三明治,打开塑料袋,然后也扔到了我的盘子里,就在那堆薯片旁边。

最后,为了解渴,我又从冰箱里拿了一罐葡萄味的汽水,这才走回餐桌。这时妈妈和杰克舅舅已经在餐桌边坐好了。

"今天过得好吗?"我一边坐下一边问道。

"棒极了。"杰克舅舅说,"你呢?"

"非常好。"我说。我这话刚出口,杰克舅舅就低头看了眼我的盘子,又看了看我的葡萄味汽水,最后看向我。

"你确定?"他的声音非常严厉。他本来很开心,但突然就变得一副要生气的样子。我完全不知道自己哪里惹他生气了。

"是的。"我低声咕哝着,"我过得还不错。"

杰克舅舅似乎放松了一点,接着说道:"那真令人意外。"

"杰克舅舅,这有什么可令人意外的?"我问。我真的很好奇他到底为什么突然变得这么奇怪。

"令人意外的是,你吃这么多垃圾还能觉得不错!"他怒吼道。他的话让我摸不着头脑,但妈妈却在点头表示认同。

"垃圾?"

"是的,垃圾。就是你盘子里的那些垃圾。它们无法帮助你恢复肌肉,无法帮助你清醒思考。那堆垃圾对你毫无益处。"

我还是不懂。"等等。什么?我的食物怎么了?它们都是我妈妈买的,是我每天都在吃的啊!"

"你每天都吃这些?我的天哪!你怎么能每天吃这些?而且你妈妈买的可不止这些。我和你从同一个厨房取食物,而我拿到的是这些。"他边说边指向了自己的盘子。

我看了一眼他的盘子，不得不承认，他是对的。他盘子里放的是一份沙拉和一些鸡肉。他喝的是一大杯牛奶。但我还是不懂，"等等，你吃的和我吃的到底有什么区别？"

"有什么不同？是完全不同。鸡肉和牛奶含有蛋白质，有助于重塑肌肉，它们也都含有脂肪，这是你身体正常运转所必需的。沙拉则含有各种各样的矿物质和营养，有利于健康。你知道你吃的那堆垃圾里含有多少这些有益成分吗？"

"我不太清楚。"

"完全没有！你吃的喝的都是一大堆糖分。它们能做的就是让你生病，耗尽你的能量。你需要控制自己的燃料摄入。"

"燃料摄入？"我完全不知道他这话是什么意思，"我是什么，一辆车吗？"

"你不是车，但是是像车一样的机器。你吃的食物就像燃料。如果你给车加错了燃料，车就不会再工作了。因此，你需要换掉错的燃料，尽快！"

"好吧。那我应该吃些什么？"

我是辆坏掉的车!

"你需要吃真正的食物:牛排、鱼肉、鸡肉、鸡蛋、猪肉、沙拉、蔬菜、坚果。这些才是真正的食物,而不是那些由工厂加工出来的,比如薯片……还有那个三明治!"

"我给你买了很多真正的食物,马克。你只需要用那些取代快餐零食。"妈妈插话道。

"好吧,好吧,我懂了。我会从明天开始吃那些真正的食物。"

"明天?明天是什么意思?"

"这个嘛,我不想要浪费这些食物。"我对杰克舅舅说，想着他至少会让我把这最后一顿美食享受完吧。

"回答错误。要让自己变得更好只有一个开始时间：现在。你必须从现在开始，而不是明天，不是下周，不是下个月，不是明年。现在！快把那些食物扔进垃圾桶，把汽水倒进下水道。你需要给自己这台机器添加正确的燃料。"

"是，杰克舅舅。"我怕妈妈会不高兴我浪费食物，所以看了她一眼，但她却在点头表示认同，支持我把它

们都扔了。我走到垃圾桶边,扔了薯片和微波炉加热的三明治,然后把葡萄味汽水倒进了下水道。我取来一个新盘子,装上了鸡肉和沙拉,还倒了一杯牛奶。

当我坐回桌边,妈妈说:"为了让你好过一点,以后我不会再买垃圾食品。只买真正的食物。这样你就不用面对吃垃圾这个选项了。"

"好的,妈妈。"我说。我并不确定换了食物是否真的能给我带来改变。但我确定一点:如果它们对杰克舅舅有好处,那么对我也一定有好处。

第17章
水里的鱼

我　　　一条会吞噬所有非海豹突击队队员的河　　　杰克舅舅

今天杰克舅舅要带我做的事，我并没有做好准备，至少我以为自己没有做好准备。

在过去几周，杰克舅舅每隔一天就会带我去一次河边。他称这一天为"游泳日"。我会先蹚水，然后把脑袋埋到水里。之后他还教了我踩水——踩水会让你待在原地，保持头在水面上。学会踩水后，他又教了我如何静止漂浮在水面上，他说这叫俯卧漂浮姿势！接下来，他开始教我爬泳，这是入门级的游泳方法。这动作不太难，我也在一点点进步。最后几次，我已经可以真正地游泳了，脚完全不需要触到河底。

我新结交的好朋友——水！

不过，今天一到河边杰克舅舅就说："今天你要游到对岸。一口气游过去，然后再游回来。"

说真的，在开车过来的路上，我的心情还好极了，但听到他的这番话，我差一点就惊恐发作了！一口气游到对岸？开什么玩笑！

我还挺喜欢沿着沙滩那边游泳的。主要是因为我知道，一旦情况失控，我一下就能站起身来。但游到对岸？只要游到距离岸边大约15英尺（约4.6米）的地方，我的脚就触不到河底了。我会感到无助，就像又掉入了小时候的那个锦鲤池一样！

当心！水是敌人！友谊中止！

"杰克舅舅，我觉得自己还没准备好。"我说。

"我知道你准备好了。如果你不觉得自己准备好了，那最好赶紧准备，因为这就是你要做的事。就在今天。"

"但是，杰克舅舅……"

"没有'但是'，马克。我告诉你：你准备好了。你要做这件事。"

"我会淹死的！"我说。这话像是自己从我嘴里蹦了出来。我并不真的认为自己会淹死……好吧，也许我是真的有点这么认为！

"你不会淹死的，马克。"杰克舅舅说，声音听着像是很生我的气。

"有可能呀。"我说

"不可能。你不会淹死。你不会有任何问题。我不会让你淹死，我会陪在你旁边。在海豹突击队，我们绝不会在无人照看的情况下，单独执行水中任务。无论任何时候，任何人想做任何事情，单独下水都是绝对不应该的。你需要有人看护，确保你的安全。看护你的人就是你的'泳伴'，而今天那个人就是我。"

"你真的会这么做？"听到这些，我便放心多了。杰克舅舅是肯定不会让我出任何意外的。

"是的，我会的。我会确保你安全无事。你准备好了。现在我们下水吧。"

"好的。"

我们蹚入水中。我非常专心，精神高度集中。我看向对岸，那里距离我大概有 30 码（约 27.4 米）远。我计算了一下，游过去大概需要游 20 下。

我看向杰克舅舅。他点了点头，仿佛在说："开始。"但我还是坐在原地看着他。我觉得对我而言一个点头还是不够的。终于，他忍不住开了口："嗯？"

我回复："'嗯'什么？"

他更大声地说道："嗯——开始！"

我看了看对岸，又回头看了看他，然后深吸一口气，向前一跃，跳入了深水中。杰克舅舅就游在我身边，这让我觉得非常安全、非常镇定。我知道只要杰克舅舅在我旁边，就不会有任何意外发生。我严格按照他所教的动作在游。效果完美！

我集中精神望着对岸，有杰克舅舅在身边，我感到很舒服。对岸的河堤越来越近，每游一下，我都会试着用脚趾触碰河底。终于在距离河堤大概 5 英尺（约 1.5 米）的地方，我的脚趾碰到了河底，然后我向着河堤加了把

劲。我做到了！我做到了！

我高兴地看向杰克舅舅，他也回了我一个灿烂的笑容。"我做到了！"我非常高兴地大喊道，"我做到了！我做到了！我做到了！太棒了！啊啊喔喔喔喔喔喔吼吼吼吼吼！"

就在我结束狂欢般的喊叫时，杰克舅舅突然潜入水下，消失了。我不知道他打算做什么，但他很长时间没有浮出水面。当他终于冒出头来时已经游到了对岸。我现在是一个人在这边了。

"你在做什么呢，杰克舅舅？"我大喊道。

"没事的！"他大声说道，"游到我这里来就可以了。"

"什么?!"我尖叫道。这可不酷,一点也不酷。我是游过来了,但我完全不觉得自己可以再游回去!光靠我自己是不可能的。

"我说过你不会有事的,你也确实好好地游过去了。现在只需要游回我这边就行了。"

要么会像个胆小鬼,要么有可能淹死,这两个选择让我犹豫不决。但最终我还是宁可当个胆小鬼!

"说真的,杰克舅舅,如果你能游过来,再陪着我一起游回去,我会安心很多的。拜托!"我希望他能明白我有多害怕!但这没什么用。

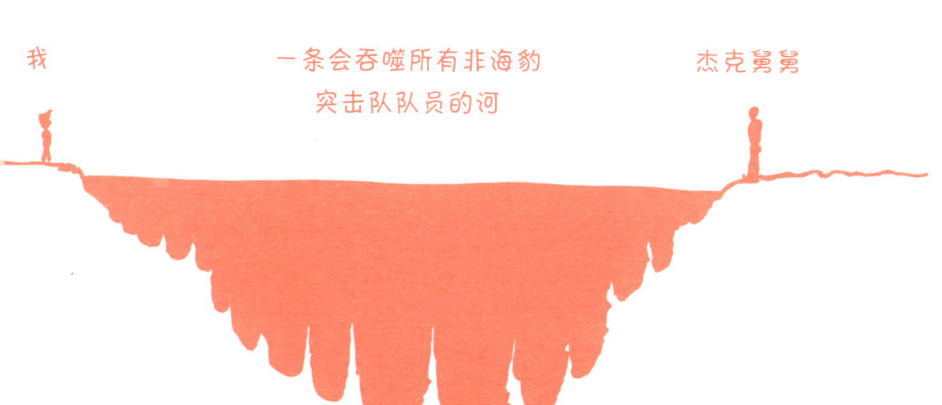

我　　　　　　一条会吞噬所有非海豹　　　　　杰克舅舅
　　　　　　　　突击队队员的河

"不行。我不会过去的。你可以游过去,就可以游回来。相信我。"

等等!"相信我"这种话难道不是在骗人时说的吗?而且他刚才还说会一直陪在我身边。我还怎么相信他!最终,我只能说:"这个嘛,我不觉得这是个非常好的主意。可以拜托你先过来吗,然后——"

杰克舅舅打断了我。"这是一个非常好的主意。你知道怎么游泳,你成功游过去了,你也可以游回来。现在我数三下,你就出发。一、二、三。出发!"

不知怎么地,他从一数到三,一说"出发",我便立刻作出了反应,这其中的原因可能我永远也不会明白。我离开河堤,便开始往回游。刚开始时,我又害怕又孤单,只能眼睛都不敢眨一下地望着对岸,不停地游。每游一下就离杰克舅舅和对岸那片小沙滩更近一点。就在我真正适应、不再觉得不安的同时,我的脚触到了河底。我做到了!耶耶耶耶耶耶!

杰克舅舅又笑了,说:"好了,现在你可以大叫了。"

我看着杰克舅舅说:"我就像水里的一条鱼!"我期待着他为我欢呼。

"好了,水里的鱼,"他说,"别忘了,你还欠我

于是，我使尽全身力气喊出了

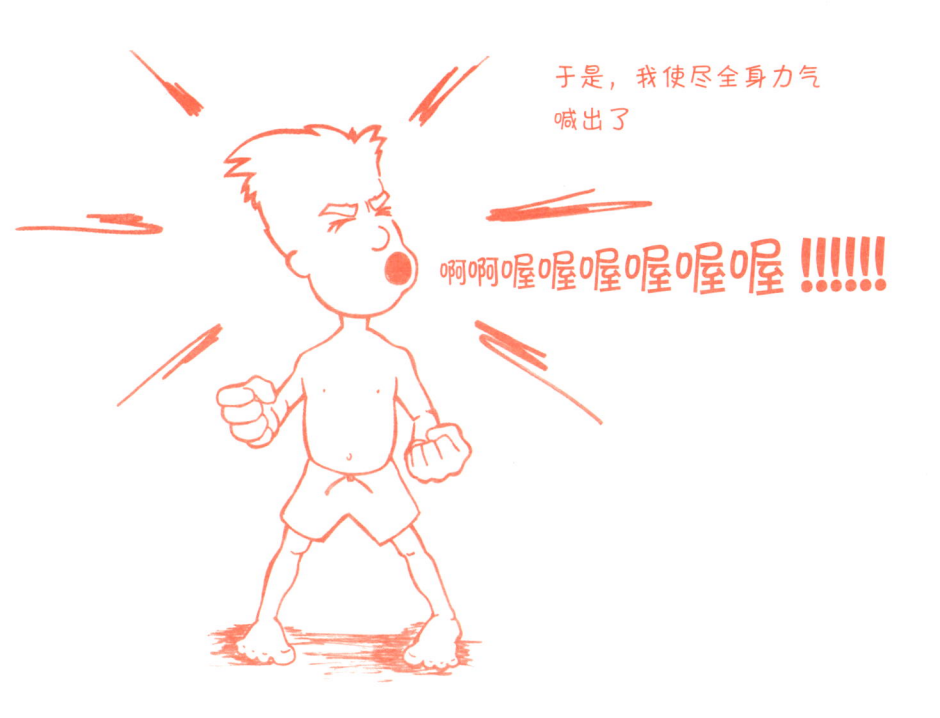

啊啊喔喔喔喔喔喔！！！！！！

一次跳水，从那座桥上。"

听到这话，我呆住了。他的意思很清楚：我还有很多需要证明的。而且当我抬头朝桥上看去时，我知道，对跳水那件事，自己还远远没有做好准备。

第 18 章
冲击记录，突破高原期

> 当我从杆子上下来，看向自己的右手时，发现有一块老茧都被扯掉了，伤口正在冒血。

在你以为自己知道痛苦是什么的时候——更多的痛苦还在等着你!

这一周我学到的就是痛苦。

一切都非常顺利,我觉得自己表现得很不错,也有了一些切实的提高。我现在能做 35 个俯卧撑,杰克舅舅新教我的锻炼方法,屈伸,我也能做 9 下了。我的游泳技巧也在不断提升。我看到自己不断进步,觉得自己简直无所不能——除了最重要的一件事:引体向上。

是的。尽管过去一个月我那么努力,但是做引体向上还是没什么进步。我最多时连续做了 4 个,但之后就像卡在了那里。每次训练,我都能比之前多做几个俯卧撑、多做几下屈伸、多做几次下蹲、多做几个仰卧起坐。但在前几次的训练中,我的引体向上一直停留在连续做 4 个的水平上,我也不知道该怎么办。

"我被困住了,杰克舅舅。我没办法做到 4 个以上。我不知道该怎么办。"

"这个嘛,你一直在好好训练,也改善了饮食,那么,你必然是进入了高原期。"

"高原期是什么?"我问。

"就是到了一直无法有突破的阶段,本来应该有所提高，但却没有。身体有时会适应你施加给它的压力，就停止提高了。"

"哦，天哪！"我说，"这也太糟糕了。那是不是意味着我没办法实现连续做 10 个引体向上的目标了？甚至连 5 个也做不到了？"我问。

杰克舅舅摇了摇头。"不，"他说，"完全不是，这只意味着我们需要突破这个高原期。"

"那我们要怎么做？"我好奇地问道。

高原期

"这个,你知道我为什么说你的身体已经适应了训练带来的压力吗?"

"知道,我想。"我非常确定自己是明白的。

"嗯,出现这种情况的原因是:你努力锻炼身体,也就给身体'施加了压力',为了应对这种压力,身体会产生肌肉,变得更强壮,这就是所谓的'适应了'这种压力。"

"也就是说我的身体有了一点改变?"我问。

"其实是改变了很多。你在每一项训练中的表现都有所提高,现在只是停滞了。但我们会克服这个问题的。"

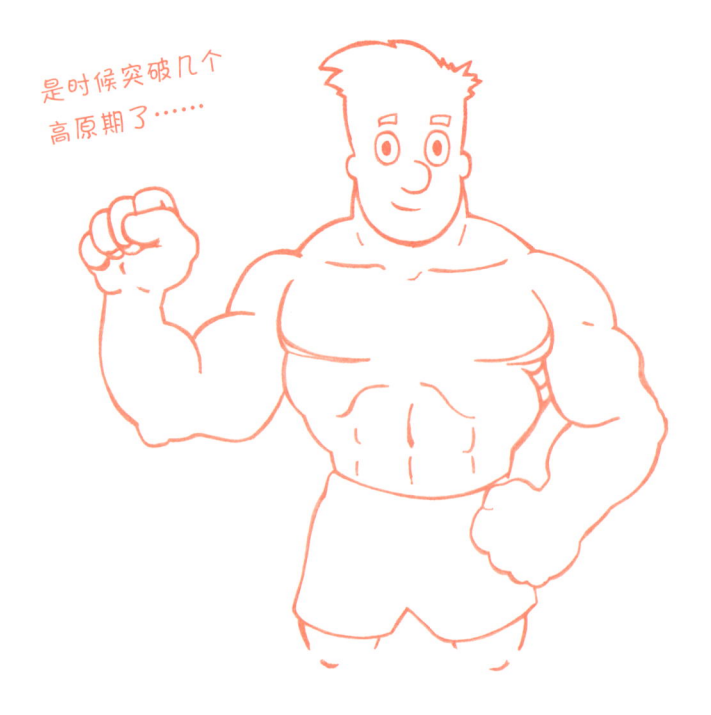

"那要怎么做呢？"我问。

"很简单，更多压力。"

"更多压力？"我不喜欢他说这话的感觉，一点也不喜欢！

"是的，更多压力。我们要给你施加更多压力，要超过你现在训练中的一切压力。我们要做针对引体向上所需肌肉部位的专项训练，以突破高原期，提高你能做的引体向上数量。明早的训练会很好，你做好准备。"

"很好？很好是什么意思？"我问。我担心杰克舅舅对"很好"的定义和我的不一样。

"我想，就是痛吧。准备好承受明天早上的痛苦吧。"

我就是在担心这个！

第二天早上的训练简直能让人发疯!

刚开始还挺正常的。我们做了一些俯卧撑、一些仰卧起坐,还有一些下蹲。接着到了引体向上,杰克舅舅说,"今天你要做 100 个。"

"引体向上?"我震惊了。

"是的,引体向上。你要做 100 个。"

"杰克舅舅!你也许忘了,我只能做 4 个引体向上!我要怎么做 100 个?"我问。

"你能做几个不重要。"杰克舅舅回答说,"无论你能做几个,现在先上去开始做再说。"

我站上箱子，抓住杆子，做了第一组，一共 4 个。"很好。"杰克舅舅说，"再来。"我抓住杆子，又做了 4 个。"已经 8 个了。"杰克舅舅说，"继续。"我稍微休息了一下，然后再次握住杆子，做了 3 个。"现在 11 个了，还有 89 个。"

看来杰克舅舅是认真的，我今天得做完 100 个。但不需要一口气完成，一组一组地来就行。但我一次最多能做 4 个，也就是说，今天得做很多组！

我一直做，一直做，一直做……刚开始还可以保持每组 3 个，后来到 50 个左右时，就只能每组做 2 个了。到 80 个左右时，每次就只能做 1 个了。

正做到第 87 个时，我感觉到了手痛。当我从杆子上下来，看向自己的右手时，发现有一块老茧都被扯掉了，伤口正在冒血。

"我觉得我不行了。"我一边说，一边把手伸给杰克舅舅看。

"还有 13 个。"杰克舅舅说。

"但我的手不行了,它受伤了。"我告诉他,希望他能同情一下我。

"还有 13 个。"杰克舅舅重复道。

我只好再次站上箱子,抓住了杆子。我又做了一个,手很痛。又做了一个,然后稍微调整了一下握杆的方式,只用手指去抓。调整之后,疼痛减轻了一些。我做了一个又一个、一个又一个……

最后，我终于完成了 100 个引体向上。

我的双手痛得很，还在流血，血都蹭到了我的 T 恤上。我大汗淋漓，但好在我已经做完了。

"干得不错，马克。"杰克舅舅说。然后语气非常严肃地补充道，"我们不能放弃。永远不能。"

我点了点头。我现在感觉很好。真的很好。

第二天，杰克舅舅告诉我这天完全不用训练，当天夜里还带我去看了电影，去经典麦芽商店吃了个双层芝士汉堡！

3 天后，我再次上杆，连续完成了 6 个引体向上。我在不断前进。高原期已被克服，而我还能坚持。

第19章
总统、首府和葛底斯堡

我现在该怎么办?我怎么可能在5分钟内把这么多名字给记下来?

在学习方面，如果你以为我这个暑假只需要记熟乘法表就够了——那就再给你一次机会，重新再猜吧。杰克舅舅还有别的主意，还想让我学更多别的东西。当我能在 3 分钟内背完乘法表时，他立刻让我做了新的闪卡，一面是美国的每一个州，另一面是每个州的首府。接着，他又想让我记住美国历史上每一位总统的名字。我完全不知道这些东西怎么能记得下来。

杰克舅舅让我坐下来，把每一位总统的名字都写到一张纸上。"就像闪卡那样？"我问。

"不。这次不用。就把它们写到同一张纸上。写成 1 列或 2 列。"

"好的。"杰克舅舅离开房间,我则拿出了一本有关所有美国总统的课本。我按照杰克舅舅说的,把他们的名字分两列写了下来。

华盛顿	哈利森
亚当斯	克利夫兰
杰斐逊	麦金利
麦迪逊	罗斯福
门罗	塔夫脱
亚当斯	威尔逊
杰克逊	哈定
范布伦	柯立芝
哈里森	胡佛
泰勒	罗斯福
波尔克	杜鲁门
泰罗	艾森豪威尔
菲尔莫尔	肯尼迪
皮尔斯	约翰逊
布坎南	尼克松
林肯	福特
约翰逊	卡特
格兰特	里根
海斯	布什
加菲尔德	克林顿
阿瑟	布什
克利夫兰	奥巴马
	特朗普

我刚写完，杰克舅舅就回到了房间。我把名单拿给他看。

"很好。"他说，"现在我们就'开路'吧。"

"什么意思？"我问。

"那是另一种记忆方法，适合用来记更长的、没有直接问答关系的东西。比如总统的名字或者'葛底斯堡演讲'。"

"'葛底斯堡演讲'是什么？"我问。

"'葛底斯堡演讲'是什么？这个都不知道？好吧，这个以后再说，现在先专心记名字。看着名单，先把前10个名字记下来。我给你5分钟。"说完这话，杰克舅舅又离开了房间。

我现在该怎么办？我怎么可能在5分钟内把这么多名字给记下来？

我看着名单：华盛顿、亚当斯、杰斐逊、麦迪逊、门罗、亚当斯、杰克逊、范布伦、哈里森、泰勒。又念了一遍：华盛顿、亚当斯、杰斐逊、麦迪逊、门罗、亚当斯、杰克逊、范布伦、哈里森、泰勒。我念了一遍又一遍。

杰克舅舅回来了。"你背下来了吗？"他问。我刚

才还以为他让我背是开玩笑的,现在看来并不是。

"没有。"我说,"还差得远呢。"

"没关系。这些东西没人能记得那么快,但更简单的方式肯定是有的。好了,你把前10个名字再看一遍,但主要看前面4个。"

华盛顿
亚当斯
杰斐逊
麦迪逊

我再次看向名单,盯着前 4 个名字:华盛顿、亚当斯、杰斐逊、麦迪逊。看完一遍后又看了一遍:华盛顿、亚当斯、杰斐逊、麦迪逊。

"好了。"杰克舅舅边说边迅速从我这里拿开了名单,"开始吧。"

"华盛顿。亚当斯。杰斐逊。麦……麦……"我知道下一个名字是"麦"开头的,但就是想不起后面是什么。

"麦迪……"杰克舅舅给了点提示。

"麦迪逊?"

"对。好了。再看一遍,然后从头开始。顺着你已经开好的路往前走。不过每一次都要努力走得更远一点。"

我看向名单,看到了华盛顿、亚当斯、杰斐逊、麦迪逊、门罗。

杰克舅舅将纸翻到背面,遮住名单。我继续背道:"华盛顿、亚当斯、杰斐逊、麦迪逊和门罗?"

"对,"杰克舅舅说,"门罗后面是谁?"

"我真的不记得了。"

"没关系。再看一下名单。"我低头看向名单,看到门罗后面是亚当斯。我心里默念:门罗、亚当斯。门罗、亚当斯。门罗、亚当斯。

"准备好没?"杰克舅舅问。

"应该差不多了。"我说。

"开始。从头开始。"

"华盛顿、亚当斯、杰斐逊、麦迪逊、门罗……亚当斯。"

"对了!"杰克舅舅说,"就是这样。你每次被难住,就停下来再看一遍,想一想你没记住的和你已经记住的之间有什么关联,然后再回到记忆的起点——道路的起点。今晚我只要求你背前10个,明早我会来考你。"

就是这样。这个记忆方法很简单,但也很有效!我不断重复已经记住的名字,遇到没记住的就核对名单、努力记忆,记好了就再把名单翻过去,从头开始背。我不是每次都能背对,有几次还反反复复总记不住。比如范布伦,我就来来回回背了6遍。怎么会有范布伦这样的名字?但我最终还是都记住了。

第二天早上,我刚下床,杰克舅舅就来了。"开始。"他说。

"开始?开始什么?"我问。我这时还迷迷糊糊的,没反应过来。

"总统的名字!让我看看前10个你记得怎么样了。"

"哦,好。"我说。原来是那些名字,那就开始吧:

华盛顿
亚当斯
杰斐逊
麦迪逊
门罗
亚当斯
杰克逊
范布伦
哈里森
泰勒
喘!背完啦!

杰克舅舅听到我背完便笑了。"干得漂亮,马克,"他说,"干得漂亮。"

"谢谢你,杰克舅舅。"

我们一同下了楼,要开始今天早上的训练了。

"那么,接下来的4个晚上,你要继续背总统的名字。等你都背完了，就可以开始背'葛底斯堡演讲'了。"

"杰克舅舅，你还没告诉我那是什么呢。"

"哦，你首先得了解葛底斯堡战役……"杰克舅舅说。他为我详细讲述了这场战役。这是南北战争期间的一场血腥战役，发生在宾夕法尼亚州葛底斯堡镇附近，战斗持续了3天，将近5万人伤亡。战役结束后，林肯总统来葛底斯堡做演讲，这就是所谓的葛底斯堡演讲。尽管林肯总统的这次演讲只有几段话，只持续了2分钟，但杰克舅舅说，这是有史以来最棒的演讲之一。我从一本历史书中抄下了这次演讲的内容：

> 87年前，我们的国父们在这片大陆上建立了一个新的国家，这个国家在自由中孕育，致力于实现人人生而平等的目标。
>
> 如今，我们投身于一场伟大的内战，这场战争将检验这个国家，或者说任何如此孕育且致力于同样目标的国家，是否可以长久存续下去。我们相会于这场战争中的这一伟大战场。我们齐聚此地，就是为了将这个战场贡献出一部分，作为那些为这个国家的存续而牺牲的烈士的最终安息之地。我们这

样做，既是恰当的，也是正确的。

但是，从更广泛的意义上来说，我们无法贡献出这块土地，也无法将这块土地圣化或神化。那些勇士们，无论活着或是死去，他们曾在这里战斗过，这就足以让这块土地变得神圣，这种神圣远不是我们的微薄之力可以增益或贬损的。今天，我们在这里所说的话，不会被这个世界过多注意或长久铭记，但是世界永远不会遗忘那些勇士们的奉献。更确切地说，其实是我们这些活着的人应该投身于他们浴血奋战、英勇推进，但迄今为止尚未完成的事业。

其实是我们应该投身于仍遗留在我们面前的这项伟大事业：我们应该不断向这些光荣牺牲的烈士学习，学习他们为这一事业鞠躬尽瘁的献身精神；我们再次下定决心，绝不让这些烈士白白牺牲；我们要让这个国家在上帝的庇佑下迎接自由的新生；我们要让这个民有、民治、民享的政府永世长存。

杰克舅舅说每个人都应该背下这段演讲。我同意他的看法。我会把它背下来的。

第20章
马克对战歌利亚[1]

就在这个时候,我的手迅速下移,抓住他的双腿,打算给他来一个双腿抱摔!

---

[1] 歌利亚是《圣经》中的巨人。——译者注

今天我的世界彻底改变了！

下午，我去上柔道课。当我走上训练垫，发现来了个新人。他看上去和我一样大，或者比我大一岁，但他的个头可比我大多了，他的块头可不比肯尼·威廉姆森的小，说不定还要更高大。的确非常高大。

我可不觉得他比我高大。

今天同平时一样，人到齐后，教练把新来的孩子拉到旁边，在我们做热身运动和操练当天的基础技巧时，单独为他演示柔道的基础动作。新来的孩子叫吉米。热身后，教练让我们都坐下，然后为我们展示了一些新动作。我们又花了些时间操练那些新动作，最后才开始对战练习。

我先后和杰夫、克雷格、安迪、诺拉、迪恩对战了一轮。他们都是一直在参加训练的，我和他们的对战有输有赢。归根结底，胜负的关键就在于谁训练的时间更长，或者训练的量更多。最终会是经验最丰富的那个孩子胜出。

我和其他孩子对战的时候，吉米一直站在旁边观看。在其中一轮对战结束时，教练说："马克，过来这边，你和吉米练一练怎么样？"

我走向吉米，站到他旁边才意识到他究竟有多么高大。肯尼·威廉姆森是肯定不如他的。我伸出手，吉米用力地握了上来，虽然并不是像要故意弄伤我那般疯狂使劲，但他这一用力足以让我感觉到他强壮得有多恐怖。这让我紧张了起来。要是这个庞然大物发了狂试图伤害我该怎么办？要是他不知道自己的力气有多大，结果掰

断了我的胳膊、我的腿或者我的脊椎该怎么办?

我的紧张很快转变成了恐惧。我很害怕。我看向教练说:"教练,吉米比我高大太多了。或许您应该给他找个个头更大的对手?"

教练笑着说:"你不会有事的。好了,开始训练吧。"

我摆好对战姿势,我们击掌,对战开始。

我仍然很害怕,牢牢盯着吉米,与他保持着距离进行周旋。吉米似乎也在犹豫。他看着我的样子仿佛是在等我先出手。我在他周围又绕了几圈，他仍然选择等待。我接着又绕了几圈，他仍是按兵不动。

我突然灵机一动，明白了吉米为什么一直按兵不动：他完全不知道该怎么做。他对柔道一无所知。他不知道

单腿抱摔和双腿抱摔，不知道锁臂和绞技，他对柔道一无所知。他完全不知道该如何战斗。

他不会战斗。

我块头这么大，难道还不够吗？

而我正相反，虽然不算专业，但上了 6 周的柔道课，肯定还是学到了一些好东西的。这也是教练之所以说我不会有事的原因：他知道我懂柔道。

我看着吉米的脸，突然有了自信，决定主动出击。

我将手伸向吉米的脸，好让他有所分神。他眨了眨眼，抬手想要挡住我的手。就在这个时候，我的手迅速下移，抓住他的双腿，打算给他来一个双腿抱摔！几乎一眨眼我的胳膊就缠住了他的双腿。我用力收紧胳膊，把他向后推去，脑袋伸到了他的身侧。他的双腿被我锁住，无法向后迈腿，一下就失去了平衡，向后倒去。他一摔到垫子上，我立刻控制住他，让他无法起身。他用力推我，但这种推法一点用都没有。尽管他比我高，也比我壮，但块头大小并不重要，他根本不懂任何技巧，而在柔道中，技巧是足以战胜力量和块头的。

下一步，我开始向骑乘位变换。我刚坐到他身上，他就发了狂。他的胯骨不断顶撞，大力地左右摆动身体，最后直接抬起胳膊顶住我的胸，试图将我推下去。这是不懂柔道的人惯常的反抗方式，这也是我们千百次操练这个动作的原因：要是有人试图推开你，他们就会大大地张开双臂，这便是使用锁臂技的好时机。我也正是这样做的。我瞬间转过身体，将一条腿从他头上甩过去，牢牢控制住他的一条胳膊，向后坐倒。他的胳膊刚被我拉直，我便立刻夹紧双腿，缓缓抬起屁股，加大对他胳膊的拉力，几乎同一时间，吉米就拍地认输了。

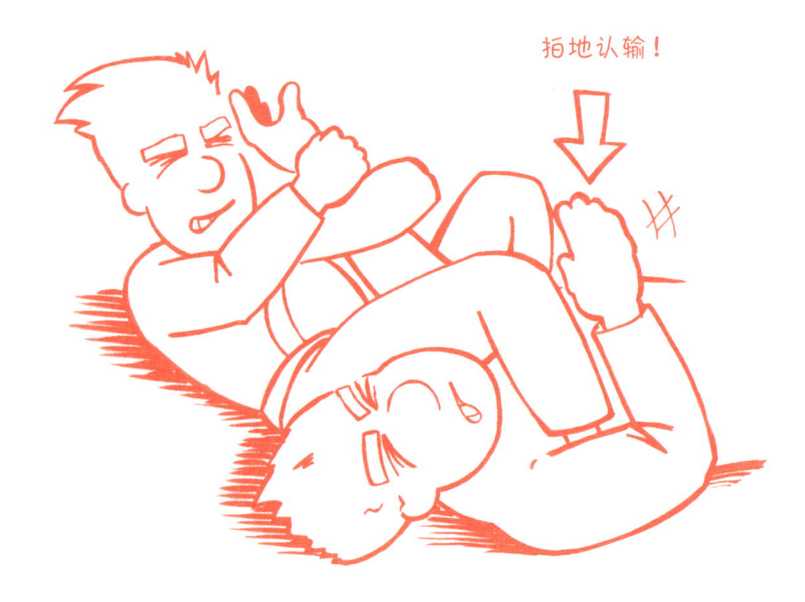

就是这样！我刚刚让一个比肯尼·威廉姆森块头还大的孩子拍地认输了！我简直不敢相信。我看向一直在旁边观战的教练，他面带微笑，向我点了点头。接着，他又严厉地看了我一眼。这个眼神是提醒我无论输赢都要保持谦逊，要表现出优良的运动家风度和值得尊敬的举止。

我站起身，伸手将吉米从地上拉了起来。我说："干得不错。你真的很强壮。"

他看上去很失望也很惊讶。他说:"可强壮根本没用。你真的很擅长这东西。"

保持谦逊。我一边这样在心里默念,一边说道:"我只是训练时间比你长。别担心。这个很容易学,只要坚持训练,你也能很快学会的。"

"哦,我一定会坚持训练的。这个你不用担心。"

我一点也不担心。其实我现在正高兴着呢。吉米人很好,但这并不会改变他很高大的事实。这就意味着我以后会有个和肯尼·威廉姆森一样高大的对手。我可以一直找他对战,而我训练得越多,面对肯尼·威廉姆森时就会越有信心能赢。因此,我很高兴吉米愿意坚持训练。而我也一样会坚持训练的。

第21章
超级海王

> 我继续向前走,每多走一步,就多一分对跳水的恐惧。

今天我学到了让自己终生难忘的一课。我了解了恐惧，学会了该如何克服它。

自从我独自一人横渡了那条河之后，游泳就变得越来越简单了。杰克舅舅还是每隔一天就带我去一次河边，每一次都乐趣十足，我已经可以十分自在地待在水里了。在河两岸游一个来回简直轻而易举，在河中踩水时也十分放松，我甚至能一次下潜就差不多游到河中间去。

但今天，我几乎把那一切的自由自在都忘了个干净。我很害怕，因为今天就是杰克舅舅让我在鸟桥上完成跳水的日子了。

我原本以为今天也和以往一样，就是来游泳的。到河边之后，我们像平时那样在水中畅游。过了一会儿，杰克舅舅站在河边那片小沙滩上，叫我游过去。我向他游去，还刻意展现了我的泳技！

我刚从水里站起身来，他便说："就是今天了。"

我不太懂他这话什么意思。"今天怎么了？"我问。

"那座桥。"他一边说，一边朝着横跨河上的那座大桥点了点头。

我也解释不清楚为什么，我就是突然进入了恐慌模式！那座桥？我想着。那座桥！那座桥很高，尽管我现在已经能在水里畅快地游泳，但一想到从那上面跳入水中，我就彻底崩溃了！我也不知道这是为什么。我只觉

得今天可能不是个跳水的好日子,我试图表现出跳水也没什么大不了的样子。

"杰克舅舅,我觉得我今天还是游泳就好了。我们可以下次再跳水……"我一说完这话,立刻转身面向河边,就像马上要继续下去游泳一样。

"嘿!"杰克舅舅迅速严厉地叫住了我。我本打算继续假装没听到。

"嘿!"杰克舅舅提高了音量,更大声地叫道——那力道让我无法再假装没听到了。我转过身,面向他。

"你今天就要从那座桥上跳下来。"他用陈述事实的语气说道。这语气说明他已经百分之百下定了决心,绝不会改变主意。

但我还是忍不住想试着改变他。"好了,杰克舅舅。我打算今天游泳,至于跳水嘛,我会——"

"好什么好。"杰克舅舅打断了我,"你要从桥上跳下来。就今天。"

我知道这样争辩是没用的。杰克舅舅一旦下定了决心,就不会和你讲道理。更重要的是,从内心深处来讲,我知道他是对的。我已经做好了从桥上跳水的准备。我只是吓坏了!

"好，好，好。"我一边努力装作很镇定地对他说，一边慢慢走上河岸，朝桥的方向走去。

"我会在这里看着你。"杰克舅舅说。

"好。"我有气无力地应道。我继续向前走，每多走一步，就多一分对跳水的恐惧。时间变得漫长。我甚至不知道自己为什么这么害怕，但我就是害怕呀！

我终于上了桥，到了我要跳水的地方。我的目光顺着桥的边缘望下去。那条河怎么会离我那么远？！

"好了，跳吧，马克。"杰克舅舅朝我大喊道。

我吓得甚至说不出话来回应他。我呆呆地站在原地。

"快呀,马克。跳!"

我还是一个字也说不出来。但我跨过了桥边的低矮栏杆,拖着步子朝桥的边缘走去,我得从那里跳下去。当我直视前方时,我是真的想着要跳下去。但刚一低头,我就被吓得不知所措,僵立在原地了。

"怎么了,马克?"杰克舅舅大喊道。

我不知道该怎么解释。

"怎么了?"他更大声地又问了一遍。

我还是一动不动地贴在桥沿边的矮墙上。

接着，我看见杰克舅舅向桥上走来，显然，他要么是来臭骂我的，要么是来扔我下去的！

不过，当他来到我身边时，却一句也没有骂我。我仔细想了一下，其实杰克舅舅几乎从来没有臭骂过我。

"小家伙，怎么了？"他语气平静地说。

"我不知道……"我说，"我只是……我只是……"

"你很害怕，对吗？"杰克舅舅问道。但这其实不是个问句。他知道的，他知道我吓坏了。

否认毫无意义，杰克舅舅非常清楚这一点。

"是的。"恐惧虽然令我觉得难堪,但我还是轻声开口承认了。

我此刻的感受 →

结果,令我吃惊的是,杰克舅舅说:"这很正常。"

"什么?"杰克舅舅的话令我震惊不已。

"我说,'这很正常'。你要做的是一件你从未做过的事。有一点犹豫是正常的。这就叫恐惧,是正常的情绪,你可以有。"他还补充道,"当然,你只要学会控制它就没事了。"

这番话对我而言毫无意义。"我要怎么控制恐惧?而且你是怎么知道的?你又什么都不怕。"

杰克舅舅坐在我旁边,沉默了一会儿才开口说道:"我倒希望如此。"

"什么?"我问。

"这个嘛,你刚才说我什么都不怕,这话大错特错。恐惧是正常的。其实,恐惧是好的。当你遇到危险时,恐惧可以警告你。恐惧可以让你有所准备。恐惧可以让我们避免惹上很多麻烦事。因此,恐惧没什么不好的。但恐惧也可能压倒你。恐惧可能是不讲道理的。恐惧可能会让你吓得动都不敢动,做出糟糕的决定,或者在必须有所行动时犹豫不决。因此,你必须学会控制恐惧。而这正是你现在需要做的。"

"好吧。这听上去是很不错,我也是真的很想让你开心,很想克服自己的恐惧……但我不知道该怎么做!"

呃……我需要你离我远远的。

对于这个问题，杰克舅舅想了一会儿，对我说道："好吧，这个嘛，控制恐惧的第一步你已经完成了，那就是准备。你已经做了很多准备，就为了这一刻能去面对这份恐惧。你从把脑袋埋入水里练闭气，一直到可以在这条河里来回畅游。在河岸上你也跳过几次水了。你过去几周所做的一切都是为了这一刻，为了这一跳做准备。所有这些准备都能帮助你克服恐惧。想象一下，如果你现在还是那个连游泳都不会的你，你该有多恐惧呀？你会被吓死的。但你已经准备过了。"

"那为什么我现在还是觉得恐惧？"我问杰克舅舅。

"这很简单。"他说，"现在对你来说还有一个未知因素没解决。你从来没有从这么高的地方跳下去过，所以不知道这样做是什么感觉。人们害怕的是自己不知道或不理解的东西。但你准备好了。你知道这是安全的。你也知道自己准备好了。因此，你现在需要做的只是再克服最后这一点点的恐惧。你知道该怎么做吗？"

"我不知道。"我说。

"跳下去。"

"跳下去就可以了？"我问，有点觉得杰克舅舅只是在跟我开玩笑。

"是的，跳下去就可以了。你看，恐惧就存在于当你决定要做某事与你真正去做之间，这时候的恐惧是十分强大的。但当你去做了，你就开始行动了，你就不会再感到恐惧了。行动就是克服恐惧的方法，这也适用于你生活中的方方面面：跳伞、公众演讲、考试、赛跑、柔道比赛。恐惧存在于等待的时间里。所以说，一旦准备过了、训练过了、学习过了、计划过了，那就只剩下一件事要做了：行动。"

"就这样？"

"是的。就这样。"

杰克舅舅话音一落，就站起身，看着我大喊道："呼呀！"然后纵身一跃，跳下了桥。

跳下去就可以了，我心里默念道。我站起身，迈上围墙边缘，看向桥下刚刚浮上水面的杰克舅舅，而杰克舅舅也正笑容灿烂地望向我。

我鼓足勇气，大喊一声："呼呀！"然后一脚迈出桥沿，抛开恐惧，做这个我从来没有做过的事。我感觉自己下坠了一会儿，然后就嗖的一声，落入了水里！我浮上水面，脸上挂着大大的笑容！

"我会飞啦！"我欢呼道，"我会飞啦——！"

杰克舅舅大笑了起来，然后上了岸，再次上桥，又跳了一遍。这一次，我跟着他，没有丝毫犹豫。我们就这样跳了一遍又一遍。恐惧呢？早已消失了。我所要做的就是准备，等准备好了就……我只需要迈出第一步——跳！

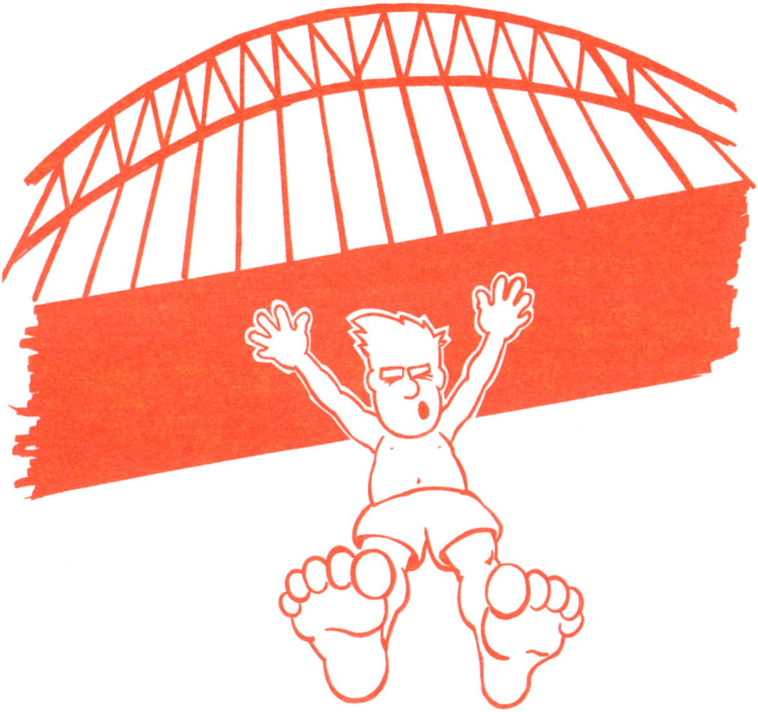

第22章

10个引体向上!

> 杰克舅舅一声令下,"开始",我便开始用力向上拉。

我从没想过这一天真的会到来。杰克舅舅让我连续休息了两个早上,没有锻炼。第一天早上,他带我出去吃了早餐。第二天我们在家吃的早餐,饭后他教我下国际象棋。国际象棋看上去相当复杂,但只要理解了规则,还是很容易的。

休息两天后,我们又来到了日常训练的车库。

"今天是个大日子。"他说。

"什么大日子?"我问。

"你会知道的。"杰克舅舅说,"好了,先上去做1个引体向上。"

"1个?"我问道,不敢相信杰克舅舅居然只要求我做1个引体向上。

"是的——就1个。"杰克舅舅说。

我跳起来,抓住杆子,做了1个引体向上。这时我的身体还有点僵硬,但这1个引体向上做下来还是小菜一碟的。

"好了,再做1个。"杰克舅舅命令道。

"就1个?"我问。

"是的——就1个。"

我牢牢握住杆子,将下巴拉过了杆子。这时,我的身体暖和了点儿,力气似乎也更足了。我在杰克舅舅的指令下,一个接一个地做着引体向上,身体也随之越来越暖和、越来越放松,力气似乎也越来越足了。杰克舅舅说:"好了,你现在有2分钟左右的休息时间。"我拉伸了一下胳膊,等着休息时间结束。然后,杰克舅舅说:"现在,跳上去,做10个引体向上。"

我早该料到这一刻的到来。奇怪的是,我一点也不

担心自己能力不足,反倒觉得自己真的很强壮,仿佛真的可以做到一样。"好的。"我说。

我踩上箱子,牢牢抓住杆子。杰克舅舅一声令下,"开始",我便开始用力向上拉。

1个、2个、3个、4个。做到这里时,我甚至都还没什么感觉。5个、6个、7个。我开始觉得有点累了,但不碍事。我马上就要打破自己的记录了!8个。我做了8个引体向上。这是我长这么大以来的最好成绩了。而且我的力气还没耗尽。我继续用力拉。9个。耶!再破记录。我有点累了,但我知道自己还有力气再做一个。我再次用力,将下巴拉过了杆子。"10个!"杰克舅舅说。我从杆子上跳了下来,欢欣雀跃地高高跳起。

"我做到了!"我欢呼道,但很快又纠正了刚才的说法,"我们做到了!"

杰克舅舅与我击掌庆祝,然后说道:"不,不是我们。是你自己。我是有教你该怎么做,但你刚才的话没错:是你做到了。"

"可是,如果没有你,杰克舅舅,我是不可能做到的。"我对他说。

"或许吧。但最终做到的还是你自己。是你坚持锻炼，是你完成了引体向上。干得漂亮，马克。"他对我说，然后补充道，"好了，现在再上去做一组10个引体向上。"

我又做到了！我跳上去，抓住杆子，又完成了一组10个引体向上。之后我又分别做了一组10个、一组9个、2组8个、一组7个、4组6个、2组5个、2组4个，然后是3个、2个和1个。

就是这样！我现在正式成为可以连续做10个引体向上的孩子了。开学后，我再也不用远远躲开引体向上杆了。我再也不用因身体力量弱而难堪了。我真的做到了。想到这个，我看向杰克舅舅说道："谢谢。"

"不客气，马克。我希望你记住一点：你学的这一切不只与引体向上有关。你知道它还与什么有关吗？"

我不太确定。"我不知道。"

杰克舅舅抓住我的双肩，直视着我的眼睛，郑重地说：

"与一切都有关。一切。想想看，两个月前，你还做不了引体向上。1个都做不了，现在你都可以做10个了。而为了做到这一点需要有良好的计划，以及确保计划得到切实执行的纪律。行动，这就是实现目标所需

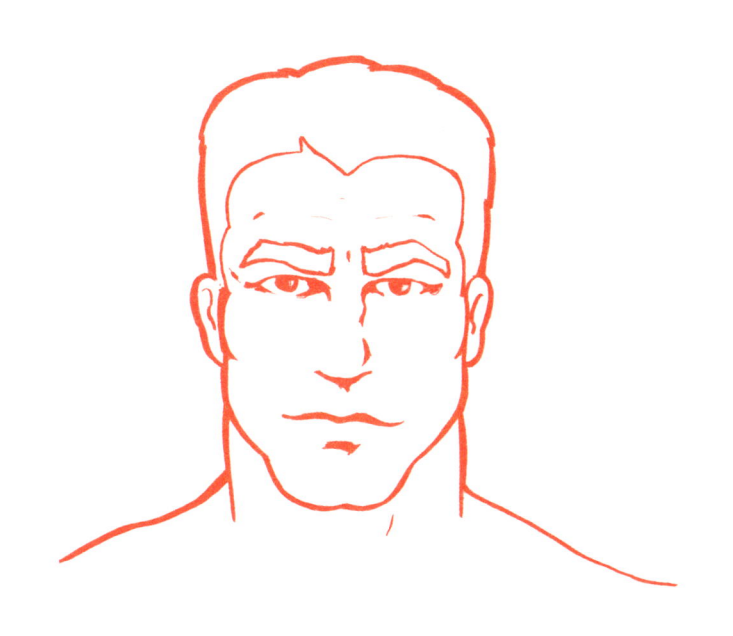

要的。你可以将它运用到几乎一切事物上去。只要你愿意下苦功，你就会有所收获。正如我跟你说的，这事没人可以替你去做。当然，在做的过程中你可能会得到一些帮助，但也有可能得不到帮助。这谁知道呢？而我们能知道的是：要有所成就就必须下苦功，并接受纪律的约束。你必须努力促成理想的结果。这正是你一直以来在这里所做的事，将这样的方式应用到生活中，就几乎没什么是你做不到的了。你要记住这一点。"

"我会的，杰克舅舅。我会的。"我对他说。他的话百分之百正确。人们常说,生活中你可以做一切你想做的事。但他们没有告诉你的是,你必须为之而努力争取。

只要肯下苦功,一切皆有可能。

第23章
独自一人

> 我戴上这块表,觉得自己一辈子都不会把它摘下来。

要不是昨天晚上看到杰克舅舅打包行李，我都要彻底忘记他会离开这件事了。就这样，夏天要结束了，突然，杰克舅舅要离开了。我看上去一定伤心至极，连杰克舅舅都来问我怎么了。

"怎么了？你要走了，就是这样。"

"是呀，但你也要回到学校了，到时候就又能和小伙伴们在一起了。"

"我知道，但是……"我努力想表达清楚此刻的感受。

"但是什么？"杰克舅舅问。

"但他们没人能帮我变得更强壮，没人能教我如何去做我不懂的事，也没人是像你一样的战士。"

对不起，弗雷德。你不是个战士。

我知道。你能帮我从这口麻袋中出去吗？

"嗯……"杰克舅舅喃喃道。我第一次觉得杰克舅舅被难住了。

"没有你在身边，我要如何继续变得更强壮、更聪明、更好？仅凭我自己，我要怎么成为一名战士？"

杰克舅舅目光锐利地看着我说："事实上，没有我在身边，你也可以成为战士。战士时常会孤身一人，导致这种情况出现的原因有很多。可能是他自己掉队了，可能是他的其他队友都牺牲了，也可能是他年纪大了，战友们都离世了，也可能是他被委派了一个要独自上阵的任务。不过这些都没关系，它们并不会削弱一名战士本身的强大。身为战士，必须懂得如何孤身一人。"

只有我的杰克舅舅才能把孤身一人解释得这么酷！但光凭这些想要说服我还不够。"好吧，但之后谁来训练我，谁来帮助我学习呢？谁来监督我早起？谁来确保我不会重新变得懒惰呢？"

杰克舅舅不假思索地回答道："这些你都不再需要我了。事实上，你从来没有需要过我。当然，我给你指明了道路，但真正找到这条路的还是你自己。你知道坚持战士之道需要什么：努力、纪律、学习、健康饮食，让房间和装备井井有条、井然有序，制定新的目标并努

力实现它们，坚持柔道训练。这些都是你已经知道的了。其实，你还可以将这些教给自己的朋友们，与他们一同分享。你也需要这么做，你需要成为一个领导者——帮你的朋友们学会如何变得更强壮、更聪明、更好。教他们如何才能成为最好的自己。这个夏天你有了巨大的改变，这些是其他孩子都会看到的。你会成为一个领导者，他们会跟随你。"

"我不确定自己是否做好了成为领导者的准备。"我对杰克舅舅说，脑海中想象着成为领导者会是种什么感觉。

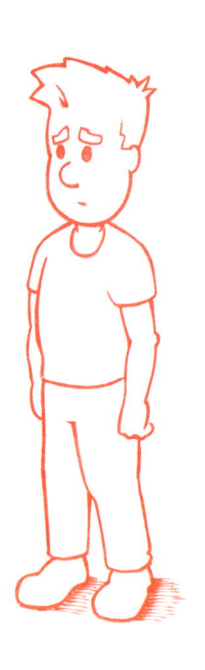

"人们通常都不会觉得自己做好了成为一名领导者的准备。但我要告诉你,你准备好了。

"你知道方法,你足够谦逊,这些就是成为领导者最重要的要素。记住,你并非无所不知,要聆听和接纳他人的建议,时刻准备着学习,并努力变得更好。这些都是身为领导者所必需的特质,而你已经具备了。相信我,马克。你会在学校度过美好的一年。"

说完这番话,杰克舅舅便继续回去收拾行李了。第二天一早,我和妈妈便开车送他去了机场。到机场时,我很伤心,没怎么说话。妈妈把车开到机场旁的道路边停下,方便杰克舅舅下车。

我从车里出来与他告别。

妈妈也下了车。她抱了抱杰克舅舅,然后看着他说:"谢谢你。谢谢你所做的一切。"她说完这话,直接看向了我,就连我妈妈都注意到了杰克舅舅对我的莫大帮助。

他抱了抱我,然后伸手从袋子里掏出来一个小盒子递给了我。"这是给你的,小战士。"他伸出一只手,要与我握手。我握住他的手,用力捏了捏。"好多了。"他说,"但还是需要继续训练。"说完,他便转身走远了。

杰克舅舅的离开比我预料中的还要让我伤心。我打开他送的盒子，里面是一块表，就像他自己戴的那块一样，表带上还有一个小小的指南针，指针指向北边。他还在盒子里放了一张小纸条，写着："这块表会提醒你每天都要遵守纪律，这样才能让自己每一秒都变得更好。我已经设置好了你每天早上的闹钟。指南针则会提醒你要坚持战士之道。纪律等于自由。杰克舅舅。"

我戴上这块表，觉得自己一辈子都不会把它摘下来。

第24章
开学第一天

来试试吧，我保证让你永远都忘不了我是怎么揍你的。

嗯，六年级的第一天与五年级的最后一天真是太不一样了。今天真是棒呆了！我该从哪里讲起呢？

一切都是从数学课上开始的。今天我们要做个乘法测试，限时 15 分钟完成，而我只用了 6 分钟就做完了。做完后，我还从头到尾检查了一遍，确定自己每一题都是百分之百正确！

$8 \times 8 = 64$

$7 \times 9 = 63$

$4 \times 6 = 24$

$5 \times 5 = 25$

$3 \times 9 = 27$

就在课间休息前，我们还进行了一项"体能基准测试"，这个测试要求我们做 2 分钟的俯卧撑、2 分钟的仰卧起坐；当然，还有一组引体向上，不限时，但要能做多少做多少。我做了 82 个俯卧撑、91 个仰卧起坐和

14个引体向上！班上只有一个人比我做得多，那就是超级强壮的泰勒，他做了16个。但我的这一表现已经够棒了。班上有两个同学还记得我上学年是连1个引体向上都做不了的，因此在我走向引体向上杆时，他们目不转睛地盯着我。我知道，他们是等着取笑我呢。

结果，当我做完（顺便说一句，他们俩都没我做得多），他们不但没取笑我，还跑来问我是怎么做到这么多个的。我只回了他们两个字："练习。"

没过多久，课间休息的铃声响起，所有孩子都一窝蜂地涌向了操场。我直接去了攀爬架。肯尼·威廉姆森当然也在那里。这才开学第一天，他已经开始欺负同学，不让他们上攀爬架玩耍了。只有肯尼和几个他所谓的朋友才能在那里玩耍。有两三个孩子在攀爬架周围转悠，但都不敢上前。

他们不敢，我敢。我笔直地走过去，上了楼梯，到达平台，平台通向猴杆。我抓住猴杆，晃荡着抵达了对面，结果一下来就看到肯尼正站在前面盯着我。

"你以为自己在干什么，马克？"他向我咆哮道。

"我？我在玩猴杆啊。"我装作不知道他在说什么似的回答道。

"你不能玩猴杆，猴杆是我的。实际上，整个攀爬架你都不能玩——这是我的攀爬架。"肯尼上前一步，厉声说道。

"这不是你的攀爬架，肯尼。这是所有人的攀爬架。"我语气平静地答道。

我能看出肯尼听到这话有多吃惊，之前从来没有人质疑过他。他不喜欢被质疑，于是对我说："不，不是。这个攀爬架是我的，我是攀爬架之王。"这时已经有几个孩子开始聚集在周围旁观了。

"不，肯尼。你不是攀爬架之王，再也不是了。"我说。听到这话，其他的孩子看上去都惊呆了。

"等我打碎你那张小脸，你就知道谁是王了。"肯尼一边说，一边举起了拳头。更多孩子被吸引了过来，周围安静得连一根针掉下来的声音都能听到，他们都以为我会被痛揍一顿。

我开始严肃起来，超级严肃。这是我一生中最为严肃的时刻了。我之前从未有过这种感觉。我并不愤怒，甚至一点都不生气，但我准备好了。所有的训练，所有

的柔道，所有的摔跤和搏斗，所有的引体向上和艰苦锻炼。我百分之百确信自己能打败肯尼。我甚至主动靠近肯尼，对他说道："来试试吧，我保证让你永远都忘不了我是怎么揍你的。"

我竟然也会说出这样的话，这让我自己都感到惊讶。肯尼肯定也是吓了一跳。我发现他的眼神有了一些变化。之前的所有训练和搏斗让我信心十足，我确信自己能够打赢他——而此刻，肯尼似乎和我有了同感。这时我才意识到，这么多年，肯尼一直比其他孩子更高大、更强壮、更刻薄，因此还从未有人敢正面反抗他，他自然也就不用真的跟谁打起来。他突然感觉到了恐惧，放下拳头，向后退去。他低头看向地面，然后走开了。围观的孩子们齐齐地叹了口气。我转过身，跳上猴杆，回到了平台处，然后又向更高处爬去。其他孩子就站在原地望着我。我挥了挥手，叫他们上来一起玩。有一个人上来了，然后一个接一个，没过多久，他们就都爬上了攀爬架，玩耍、追逐、攀爬。这真是太棒了。

除了肯尼。他垂着头，孤零零地坐在远处，就连平时总跟着他的那些孩子也不见了。这时我想起了在柔道课上学到的一件事，这也是杰克舅舅教给我的其中一点：

尊重他人。因此，我走向肯尼，对他说道："嘿，肯尼。"

他抬头看着我说："干吗？"

"攀爬架是给大家玩的。'大家'也包括你。快来吧。"我朝着攀爬架扭了扭头，然后转身往回走。刚走几步，我回头一看，发现肯尼仍然坐在原地看着我。我又朝他挥了挥手，他还是一动不动。我微笑着对他再次挥了挥手。他终于挤出一点笑容，站起身，向我走来。当他足够靠近时，我提议道："我们比一比谁能最先到达猴杆。"

他一脸惊讶地站在原地，直到我喊一声"开始！"

我们都跑了起来。

　　他比我更快一点,当我上到猴杆那里时,他主动举起手来与我击掌。

　　就这样,肯尼再也不是王,再也不欺负别人了。他很快就和其他孩子打成一片、笑作一团了,他现在和别的孩子一样。

　　这还只是开学的第一天,但我已能看出,这一学年将会是最棒的一年。

第25章
给杰克舅舅的信

> 杰克舅舅让我看到了小战士的成长之路,但这条路没有魔法,没有任何花招可耍。

杰克舅舅离开差不多有两周了。我非常想念他在身边的那些日子，但尽管没有他看着我，我依然坚守着战士之道。我想感谢他为我所做的一切，于是写下了这封信。

杰克舅舅：

希望你正享受着美好的大学时光。至于我，我也正享受着长这么大以来最为美好的学校时光。每一次数学考试我都是满分。在体育课的第一次测试中，我做了14个引体向上。去汤姆山的考察之旅

也妙不可言。我简直不敢相信自己以前居然不会游泳！还有，我反抗了肯尼·威廉姆森，就在我挺身而出时，他却打了退堂鼓。他不再是攀爬架的小霸王。这一切都是因为你。谢谢你让我看到了小战士的成长之路。我都不知道该如何感谢你为我所做的这一切。我想我暂时还是先说一声"谢谢"吧。

你跟我说过，我应该有自己的小战士准则。我写好了：

1. 小战士要每天早起。

2. 小战士要学会学习，增长知识，不懂就要问。

3. 小战士要为了身体的强壮、迅捷和健康而努力训练、锻炼、正确饮食。

4. 小战士要通过训练掌握战斗技巧，这样就可以反抗横行霸道的人，保护弱者。

5. 小战士要尊重他人，任何时候都乐于助人。

6. 小战士要保持整洁，时刻准备着且准备好采取行动。

7. 小战士要保持谦逊。

8. 小战士要努力学习，时刻全力以赴。

9. 我是个小战士。

就是这些，杰克舅舅。这就是我的小战士准则。如果有什么应该增加或删减的，请一定要告诉我。如果还有什么我应该做的，也请一定要告诉我。

正如美国海军海豹突击队有三叉戟标志，游骑兵有写着游骑兵字样的臂章，海军陆战队有结合了鹰、地球和锚的标志一样，我也给自己做了个小战士标志，它会时刻提醒我我是谁。就是这个。

WARRIOR KID
小 战 士

开学后还发生了一件事。有些孩子，特别是还记得我去年过得有多么悲惨的那些孩子，他们一直在问我是如何变得更强壮、更聪明、更坚毅的。我把你教给我的一切都告诉了他们。我正在教他们如何锻炼、如何使用闪卡、如何学习，我甚至给他们演示了一些基础的柔道动作。他们都很听我的话，就像我是这个小团体的领导者一样。不过，你别担心，我一直保持着谦逊。这个我以后再继续跟你说。

总之，还是很感谢你为我做的一切，杰克舅舅。谢谢你让我变得更强壮、更迅捷、更聪明、更出色。谢谢你带我去上柔道课，让我不再被欺负，还能保护其他人。谢谢你把我变成了一名小战士。

谢谢你！

敬你爱你的外甥

马克

我的信就写到了这里。我很幸运，有杰克舅舅帮我。但不是每个人都有自己的杰克舅舅。这一点我是知道的。我还知道有没有杰克舅舅其实并不重要。杰克舅舅让我看到了小战士的成长之路，但这条路没有魔法，没有任何花招可耍。这条路不需要任何人带着你走。你可以靠自己走下去：早起、努力锻炼、健康饮食、学习、练习

柔道。这条成长为小战士的路很简单，但并不容易。有时候是很难早起，有时候是不想锻炼，有时候是不想去上柔道课，有时候是想吃垃圾食品！若遇到以上任何情况，你都必须利用纪律约束自己，避免自己偏离这条道路。从长远来看，恪守纪律才会让你自由……